拈花笑

2之2

〈落花流水愛銷魂！〉

雪靈之 著

風文創 028

目錄

風 文創

028

話說前因

六歲的蕭菊源，因為不忍心，稍稍違背了娘親的交代，答應了婢女黃小荷的哀求，帶著她躲在密道裡避禍，這一個小小的違背，換得的竟是失去人人所稱羨的一切——她卓然出色的爹娘、她富可敵國的身家、她所有的幸福……

十年後，十六歲的她，回到傷心地，蕭家只餘斷垣殘壁、廢墟一片。

她隱姓埋名，藏起絕世美貌，一心只想著要成為頂尖的高手，因為唯有如此，她才有能力去弄明白一夜之間她家毀、爹娘俱亡的真相……

然而，改名為李源兒的她，仍難逃命運的捉弄，因為不情願，她有意無意地撩撥了原該是她未婚夫的裴鈞武，這情感挑不起又放不下；心情夠亂了，師兄伊淳峻還來添亂，說要跟她結盟，明裡暗裡不是鬧她氣她就是佔她點便宜，教她一見他就氣不打一處來！真不知他存的是什麼心！

還有那個滅凌宮主，神出鬼沒的，說是要幫她，又說要娶她，還嫌這當下亂得不夠徹底嗎……

眼看黃小荷假冒她的身分當起蕭菊源，掀起的風風浪浪，益發不可收拾了，她也該是時候出場，掀出這一切的亂源，只是這情勢愈演愈烈，幾近失控了……

第三十一章　拙劣計謀

小源迷迷糊糊地覺得胸口很痛，想哼哼兩聲，才發覺嗓子像被火燒過一樣，灼痛不堪，每次呼吸都覺得疼。

「小源怎麼樣了？」

這句話聽起來好像是從很遠的地方傳過來，卻又特別清晰，是蕭菊源的聲音。

小源想睜開眼睛看看，試了幾次都失敗了，她聽見了伊淳峻的聲音，比起平時，他的語氣更刻薄了。

「沒死！不過傷了肺脈，不好好救治，估計也快了。哼，真可惜，差點兒就能除去心腹大患了。」

蕭菊源被他說得生氣了。「心腹大患？伊師兄，你說誰？我嗎？小源與我分屬同門，我一直把她當姊妹看，什麼時候把她當心腹大患？這話可不能亂說，要是──」

「要是裴鈞武聽見了，會怪妳的是不是？」伊淳峻一點兒也不買她的帳，益發挖苦。「漂亮話說給裴鈞武聽吧，妳也就騙騙他，少到我面前現眼了。沒事別來看小源，我生怕妳趁沒人一把掐死她。」

「哼！」蕭菊源生氣地哼了一聲，甩手走了。

說。

「哈哈，有山有水，你說得真痛快！我都不忍心插嘴了。」嚴敏瑜很開心地說。

「妳還是少招惹她，妳又打不過她，她不能欺負我，還不能欺負妳嗎？」伊淳峻教訓

「喔喔。」嚴敏瑜很是信服地點頭。

「水……」小源努力半天，終於含含糊糊地說出話。

嚴敏瑜驚喜道：「小源醒了！」

「快去倒水！」伊淳峻催促。

很快地小源覺得自己被小心翼翼地扶起，水慢慢流進嘴裡，緩解了喉嚨的疼痛。她再次試著睜眼，居然也成功了，她看見了伊淳峻又生氣又著急、偏偏還裝作很不屑的樣子。她竟然有點想笑，覺得伊淳峻這樣子也挺可愛的，像發脾氣的孩子。

「笑什麼？妳還有臉笑？」伊淳峻數落道。

小源有點兒無語，她果然越來越不會掩飾自己的心情了，竟然再一次不知不覺就笑了。

「妳是不是傻子啊？明知南宮展和蕭菊源的糟爛事，他怎麼會真的殺了蕭菊源？我眼睛瞪得都快掉在地上了，妳還不知道要跑。」伊淳峻想起那天的事，氣不打一處來。

「南宮展和蕭菊源有什麼事？」嚴敏瑜湊過來，一臉探究狀。

「關妳什麼事？好好照顧小源！現在小源醒了，妳快催廚房送些粥和小菜來，裴家莊的丫鬟一個個木頭似的。」伊淳峻妖媚地翻了個白眼。

嚴敏瑜點頭，嘴裡嘮叨著。「還不是受了蕭菊源的指示，故意對咱們不上心！」說著人已走了出去。

「後來……怎麼了？」小源艱難地開口，當時她又疼又驚，竟然暈了。

「後來？」伊淳峻冷嗤。「妳鈞武哥哥想去追，被蕭菊源擋住了，是慕容孝、杭易夙，還有妳那個寶貝師弟去追的。就他們仨，能追到什麼啊？在外面轉了半天回來，說南宮展跑了。」

小源點頭，就算慕容孝和杭易夙能追到南宮展，也未必會真心把他抓回來受死，畢竟都是後蜀遺族，又是從小認識，這點交情還是有的。

被伊淳峻一指點，她也想明白了，這根本就是蕭菊源和南宮展設計的拙劣計謀！以蕭菊源的身手，不可能那麼容易被南宮展制住，而且細想那天的情況，根本就是蕭菊源推開南宮展，讓他來殺自己的。蕭菊源的目的就是要借南宮展的手殺掉她，反正南宮展已經沒辦法再和後蜀這派人走到一起了。

「喔，對了。」伊淳峻幽幽地說：「妳鈞武哥哥見妳受傷，自己又束手無策，急得啊……都吐血了。妳走火入魔是裝的，他可是真的。」

「什麼？」小源一驚，身子一動扯到傷口，疼得臉色發白。

「妳這會兒跟著急什麼呀？他又不會死！調養幾天也就好了，再說，他還有蕭菊源『貼身』照顧呢！」伊淳峻冷笑，很解氣似的。「蕭菊源都搬到他房間去住了，不知道的，還以為中劍的是裴鈞武呢！」

小源沒說話，經歷了這次的事情，她似乎看開了很多。所謂糾纏，是兩個人各執亂線的一端，捨不得鬆手卻也沒能力解開，再加上中間牽扯的人攪和，線越纏越緊，讓彼此都快要無法呼吸了。只有鬆開手，才是解脫，對裴鈞武來說，放手雖然遺憾，卻是唯一的辦法。

蕭菊源扶著裴鈞武，慢慢地走進房間，小源見裴鈞武一臉憔悴，心下雖疼，當著蕭菊源也不好表露出來。

「病了就好好休息，亂跑什麼？」伊淳峻口氣不善地說。

「小源為我傷成這樣，武哥自然於心不忍，要來看一眼才放心的。」蕭菊源搶先說，她的話一出口，沒有人接，房間裡全冷了場。

嚴敏瑜從外面一臉興奮地跑進來，嘴裡還嚷嚷著——

「大消息，大消息！」

全屋的人都看她，嚴敏瑜也不理會裴鈞武和蕭菊源，搖頭擺尾地說：「南宮展跑回家也不知道怎麼和他老爹說的，現在他老爹在成都煽動沒散的江湖人士，說是要來裴家莊討個公道。哈！他還要討公道?!」

伊淳峻冷笑。「這個自然，南宮飛早就對他們主上的寶藏垂涎三尺，只不好背著叛上求財的罪名貿然出手。現在有了個由頭，不管怎麼顛倒黑白，總算看上去名正言順了。」

裴鈞武皺眉沈思，沒有說話。

「那些江湖客也都算是有頭有臉了，怎麼會聽信南宮飛的一面之辭啊？想不通！」嚴敏瑜搖頭，忿忿地說。

「有什麼想不通？這次來參加英雄會的『豪傑』們，其實都是為著寶藏而來的，雖然被鈞武的身手震懾了一下，但絕不會那麼輕易地死心，還在成都晃蕩就是證明，南宮飛也很清楚，所以選了成都當老窩。眼下的情況對我們太不利了，鈞武又受了傷，最好能拖一拖。」

「可是……」蕭菊源看著伊淳峻，這個男人真是越來越看不透了，什麼事情都好像盡在他掌握之中，而且他實在知道得太多。尤其南宮展這次事情以後，他看她的眼神……總好像窺破了她的秘密，讓她總是一陣驚悚。「怎麼拖？就算拖到武哥傷好了，也不可能以武哥一人之力退敵啊。」

「誰說讓師兄一人退敵了？」伊淳峻諷笑。「想拿妳當初承諾的好處，當然要賣點兒力才行。妳現在就去清點一下裘家有多少可以用得上的壯丁，而且，開始儲備糧食。」

蕭菊源臉色一白。「儲備糧食？要打很久嗎？」

「只要不出意外，咱們穩操勝券，可是裘家莊建在山上，我們要做到有備無患。這仗打完……」他又看著裘鈞武笑了。「妳的武哥可真就成了武林之主了。」

裘鈞武突然問伊淳峻。「你要什麼？」

「哎喲，師兄。」伊淳峻又妖裡妖氣地用袖子掩著嘴笑了，惹得裘鈞武又瞪了他一眼。

「還是你瞭解我，能讓我這麼賣力，肯定不光是那一點金銀酬勞能辦到的。」他的眼光一寒。「我要擎天咒。」

裴鈞武和蕭菊源都一愣，蕭菊源的臉色尤其蒼白，她下意識覺得如果讓伊淳峻成為師門最強的人，肯定會對她很不利。

伊淳峻淺笑著看蕭菊源。「我知道的，當初約定好，妳的陪嫁並不是蕭家寶藏。那是裴桂兩家替你們蕭家守護看管的，要不起也不敢要。可憐的武哥呀，全天下都羨慕你，沒想到你也不過就是個過路財神。」他嘿嘿笑起來。

蕭菊源冷冷瞪著他。

「我還知道，當初竺師伯學會擎天咒後，師祖把秘笈放在了蕭家藏寶之地。也就是說，菊源妳能給鈞武的陪嫁是擎天咒。」伊淳峻嘖嘖搖頭。「虧當初師祖還說，揀擇師門品德天分最高的弟子去學擎天咒，根本是謊言！誰是蕭菊源的夫婿，誰才有資格學擎天咒，這對我……也太不公平了。」

小源聽著有點兒頭暈，不對啊，既然伊淳峻知道擎天咒藏在蕭家寶藏裡，那當初與她聯手破壞裴鈞武和蕭菊源的婚事不就說不過去了嗎？蕭菊源要是生氣了，不就連裴鈞武也得不到秘笈了嗎？本門規矩，擎天咒不能由上代修習者口傳下代，違者逐出師門。伊淳峻到底在打什麼算盤啊？

蕭菊源聽了伊淳峻的話後垂著頭不置可否，她一旦碰到關於寶藏地點之類的話題，就保持緘默。不答自然不會錯，萬試萬靈。

伊淳峻說下去。「既然我肯出力讓裘鈞武成為武林之主，整個江湖誰還敢胡亂挑釁滋事？蕭家寶藏、菊源、裘家莊，都安全無事了。我只是想學那武功，條件不算苛刻吧？」

裘鈞武緊緊鎖著眉頭，伊淳峻說的這些好像事事與他有關，可他事事都無法作主。他露出自嘲的笑，爹說過他的，他要遵從自己的命運，他的命運說到底就是一輩子當蕭菊源最忠誠的奴才，而且是高攀了主子的奴才！

他竟然有些羨慕伊淳峻能用這樣的態度坦然談論蕭家寶藏，直截了當地說起擎天咒，他卻只能當個毫無決斷力的未婚夫、師兄，保護她的前朝遺臣、死忠之士。

「如何？」伊淳峻又問了一遍。

蕭菊源也抬眼看他，嬌俏的笑容依舊。「伊師兄，你既然明確地提出了條件，我也要知道你到底能付出多少代價、值不值得。」

伊淳峻斜著眼，用眼角看她。「我不要當初妳承諾當酬勞的部分寶藏，反而立刻出一百萬兩黃金。別說和這班江湖宵小廝鬥，就算朝廷用來攻打遼國也夠應付一年半載。」

蕭菊源和裘鈞武又都愣了愣，他竟能立刻拿出這麼多錢？

「武哥……」蕭菊源假意用詢問的眼光看裘鈞武，其實她心裡立刻同意了。眼下對抗南宮家和江湖聯盟肯定要用一大筆錢，自然得動用蕭家寶藏才能度過難關。她怎麼可能拿得出寶藏？如此這麼多年的謊話立刻揭穿！伊淳峻肯拿出錢，退敵這段時間只要她得到了裘鈞武，一切就還不算輸，到時候自然有辦法打發了伊淳峻。

「妳自己拿主意吧。」裴鈞武淡漠地說。

蕭菊源眼珠一轉，問伊淳峻道：「如果失敗了呢？」

「那錢就算我白撒了。」伊淳峻一挑嘴角，滿不在乎地說。

「好！」蕭菊源豪氣地答應。

伊淳峻點頭。「菊源，妳去問問慕容和小杭，看他們是袖手旁觀還是能出一臂之力？如果他們兩家能幫助咱們，我更有把握只贏不輸。」

蕭菊源點了點頭。「還是讓武哥去和他們說比較好。」

伊淳峻一揚眉，呵呵冷笑。「妳覺得杭和慕容兩家會無緣無故站在妳這邊嗎？自然要拿出些好處來，錢在妳手上，妳讓裴師兄去說有什麼用？」

裴鈞武聽了他的話，臉又白了幾分，想想伊淳峻這話真是針針見血，半點也沒錯，他也只能苦笑而已。

蕭菊源贊同地點頭。「嗯，我這就去。」

第三十二章　失敗玩笑

小源看著窗外的細雨，伊淳峻帶著他的人已經消失兩天了，去秘密運送黃金來裴家莊。他走的時候沒來向她道別，現在外面山雨欲來，押送那麼大筆的黃金絕非易事，雖然相信他的能力，卻還是忍不住擔心。

因為有竹海的靈藥，受的傷雖然看似凶險，還算是皮肉傷，小源恢復得不錯，雖然呼吸還隱隱作痛，已經能夠正常行動生活。

不知道蕭菊源開出什麼條件，慕容孝和杭易夙決定留在裴家莊，因為有伊淳峻出錢，蕭菊源的底氣足了不少，小源看了暗笑，總的來說，蕭菊源的運氣還真不錯。

杭易夙能留下，最高興的自然是嚴敏瑜了，一天裡有大半天要纏著他。冷漠寡言的杭公子加上聒噪冒失的嚴師姊，已經成為裴家莊一景。

細雨在中午的時候堪堪停住，嚴敏瑜從外面跑進來，頭髮上沾了層細細的水霧。「小源，伊師兄回來了。」

「是嗎？」小源露出驚喜的表情。「一路平安嗎？」她也知道這句話問得多餘，人都回來了，畢竟是壓在心裡兩天的心事，她脫口就說了。

嚴敏瑜眨了眨眼。「沒缺胳膊沒少腿，應該是平安吧。他去裴師兄房裡了，我這就去幫杭易夙看著他們把金子入庫。」說完，人又像一陣風似的跑走了。

小源搖頭苦笑，起身緩慢走到門口，雨後空氣格外清新，她決定去裴鈞武房間走一走。這兩天裴鈞武因為養傷，或者煩心事太多，沒再來看她，小源覺得他可能是因為那天交換人質時的猶豫對她存有愧疚，也許是她自作多情了，可也想能解釋這個誤會。一直不便孤身去看裴鈞武，元勳和師姊又太吵，伊淳峻若在正好。

裴鈞武的房中，伊淳峻坐在床邊的凳子上，剛換了身華麗衣袍，毫無一路勞頓的疲憊，反而神采奕奕。

「菊源妹妹怎麼不在？」伊淳峻有些挖苦。

「最近她很忙。」裴鈞武淡淡地說，其實不怎麼想與他談起蕭菊源。

看裴鈞武沒掩飾自己的落寞，伊淳峻有些感動，經過這麼多事，裴鈞武才真正把他當自己人，不再用戒備的態度對他。他突然起了壞心，也是想逗裴鈞武笑一笑，於是故作妖媚地起身坐到裴鈞武的床邊，含笑道：「看來我走這兩天，你很想我——」

裴鈞武大概是平常被他調戲得已經太習慣了，非但沒有閃躲，反而直直地看著他。「是啊，我是在想你。」

伊淳峻的眼底閃過一絲驚詫又尷尬的表情，他又飛快地用笑容掩藏。

裴鈞武突然坐直身子，一把拉住他的手，伊淳峻的笑容瞬間凝滯了。

裴鈞武注視著他的眼睛。

伊淳峻第一次在他的眼睛裡發現了似笑非笑的促狹眼神。

「我在想你到底為什麼非要挑起整個江湖的爭端。」裴鈞武緩慢地、低沈地說，臉靠近伊淳峻的，呼吸輕淺地撩過他頰邊的皮膚。

看伊淳峻的臉色越來越白，裴鈞武竟然很得意，一直以來被他耍得太狠了，今天終於可以報報仇！

「裴……」伊淳峻的笑容失卻往日的倜儻，嘴角不停抽搐，看上去有些滑稽。

裴鈞武低低嘆息了一聲。「往日我都太疏忽了，你總說自己很美，這麼細看，的確很美。」他是太疏忽了，被伊淳峻一貫的表現蒙蔽，即便發現他與小源有異，也沒太認真去想。直到小源中劍那天，伊淳峻竟放任南宮展離開，先去抱住小源，他才徹底地看穿了伊淳峻假意喜歡男人的把戲。

伊淳峻雖然受到了不小的驚嚇，但快速收整了心神。裴鈞武是在試探他吧？莫非已經看穿了？

伊淳峻眉頭一挑，變本加厲地表演下去，手柔柔地搭上裴鈞武的肩膀，悠悠地吐氣在他臉上。「怎麼，你改變主意了？打算接受我的心意？」

裴鈞武並沒退縮，竟然笑了，簡單直白地回答：「是的。」

屋裡一陣沈默，伊淳峻突然覺得不知道該怎麼回答。

「怎麼，太高興了？」裴鈞武半瞇著眼，挑釁地看著他。

「嗯，是。」伊淳峻抿了抿嘴。「什麼讓你改變主意？夾在兩個女人中間太苦、太累？」

又想把話題引開嗎？裴鈞武一笑。「有點。她們和你比，缺了些謎一樣的魅力。」他把胳膊搭在伊淳峻的肩膀上，半仰著臉笑看伊淳峻。「為什麼故意輸給滅凌宮主？為什麼要那麼對付汪廣海？你越是隱瞞，我越是感興趣，說不定最後還真娶了你。」

「你瘋了嗎?!」伊淳峻終於忍不住甩開裴鈞武的胳膊，冷冷看他，真沒想到一貫裝得沈著穩重不苟言笑的裴公子，無恥起來連他都自愧不如！

伊淳峻瞬間有絲感慨，或許，這才是裴鈞武的真本性？畢竟他是裴家的男人，有個那樣的爹，不該真的那麼沈悶無趣。

「沒瘋。」裴鈞武挑著嘴角看他。「只是覺得你以往的建議非常不錯。」裴鈞武反攻得太成功，連伊淳峻都沈不住氣了，裴鈞武也難得起了玩心。「搬來和我一起住？」

哐噹——

門口響起瓷瓶摔碎的脆響，猛然的一聲，像是敲在所有人的神經上。

裴鈞武和伊淳峻都覺得，今天一幕被人看見了，他倆都不想活了。

小源一臉蒼白地站在門口，手甚至還保持著拿瓶子的姿勢。她瞪大眼無法置信地看著他們，在她的眼神下，裴鈞武和伊淳峻表情麻木，各自僵直地坐正身子。

「嗯……」小源也沒想到會撞見伊淳峻和裴鈞武私訂終身的時刻，失手打翻了門口架子上的花瓶。她決定趕緊穩定下情緒，並接受這個事實……其實她也很疑惑，裴鈞武怎麼突然會接受了伊淳峻的心意呢？會不會是那天裴大叔說了那樣的話，裴鈞武逆反心理太大，不讓他找女人，他乾脆找個男人？

「那個……」她腦子很亂，也不知道自己在說什麼。「你們放心，我不會說出去的。」

不對啊，這句話也不對，她決定趕緊逃走，這場面讓她完全不知道該怎麼應付。

看她掉頭就跑，坐在床上的兩個男人僵著脊背，臉色鐵青。她剛才那是什麼表情？不會說出去是什麼意思？接受了嗎？

伊淳峻回過頭來看一旁的裴鈞武，他已經端正地坐在那兒，恢復常態了。眼睛卻洩漏了他的秘密，滿是懊惱的薄怒。

伊淳峻瞪了他一眼。「誰叫你亂開玩笑！」

裴鈞武看了伊淳峻一會兒，突然哈哈大笑起來，今天的事情是他人生難得一次如此有趣。他活得太沈重也太寡淡了，突然覺得無聊一下，心裡竟然那麼輕鬆。

他笑著點頭。「是啊，這個玩笑開得太失敗了。」

伊淳峻看著他笑，有點哭笑不得，他幹麼這麼高興啊？

裴鈞武慢慢收了笑。「我都不記得自己上次這麼笑是在什麼時候了。」

伊淳峻僵了下表情，有些憐憫。「看吧，決定娶我就是好，讓你這麼高興。」

裴鈞武本在唏噓，聽了這話，又忍不住噗哧一笑。

伊淳峻也笑了，其實今天很值得紀念，這是他和裴鈞武第一次真誠地交談。

「我走了。」伊淳峻腳步有些匆忙，這個倒楣的玩笑開出他一大堆麻煩。如果之前裴鈞武肯這麼配合他多好。現在他正打算向小源說明白，卻讓她看見這麼一幕。

「嗯。」裴鈞武又落寞地躺回枕上，真的很羨慕伊淳峻，至少伊淳峻可以如此坦蕩地去向心上人解釋，他卻連承認自己的心意都不可以。

小源一路跑，傷口都疼起來了，這才停下慢慢走。丫鬟們正好端著酸梅湯路過，問她要不要喝，小源口乾舌燥，讓丫鬟們把湯放到涼亭裡，她坐著慢慢喝，壓壓驚。

裴鈞武和伊淳峻兩情相悅了？她腦子亂哄哄的，怎麼突然覺得自己很悲情呢？剛喝了一口，就看見伊淳峻直直地向亭子裡走過來，她愣愣地看著他，嘴裡含著一口湯忘了嚥。其實她的確該哭的，但一想到剛才他和裴鈞武曖昧地坐在一起被她看見的窘迫表情，她又忍不住想笑，結果嗆得直咳嗽。

「妳還笑！妳還笑！」伊淳峻瞪她，一臉憤恨地喝掉她剩下的半碗酸梅湯，重重把碗摔在桌子上。「有這麼高興嗎？」

小源沈吟了一下，雖然不敢相信裴鈞武真的接受了伊淳峻的「心意」，但事出突然，她也猜不出他們兩個人到底在玩什麼把戲，貿然表態說不定會淪為笑柄，變成被戲耍的那個人。不管如何，她總不能顯得輸得太難看，讓伊淳峻笑話。

「當然了，裴鈞武喜歡你總比喜歡蕭菊源好吧。」小源故作瀟灑地說：「我是不是該恭喜你？說不定裴鈞武會把他那三成功力送給你。」

「……」伊淳峻瞪她，感覺自己快吐血了。

她細細看他的表情，太複雜了，她真看不出他在想什麼。難道……他擔心她會把她和他的交易告訴裴鈞武？

雖然她讓伊淳峻掙了牆角，怎麼想都挺可悲，但總不至於自私地拆散他們吧？伊淳峻一路走到今天，終於得到了裴鈞武的首肯，也真不容易，又出錢又出力的……

「你放心——」她鄭重地看著他。「你以前和我說的話全作廢，我不會對任何人說的。」

「以前說的那些話作廢？」他冷著臉看她。

她垂下頭，現在想想，那些話還怎麼說出口？勾引裴鈞武，她和伊淳峻各取所需……把人家的真情當計謀，最下流邪惡了。

「我不在的這兩天……」伊淳峻眯了眯眼。「好像很多事都變了。」

小源點了點頭，是啊，很多事都變了，最重要的是，她的心變了。她不想再和裴鈞武糾纏，等秘密揭開，她也要瀟灑離去。

「伊淳峻，我現在只想去竺師伯那裡，學好功夫。你們的事……我是真心祝福的。」她長長呼出一口氣，等這次危機過去，去了竹海，她就要說出一切秘密，眼前這些紛擾，她真是無力釐清了。

伊淳峻煩躁地甩了下頭，很凶惡地又瞪了她一眼。「妳真心祝福？」

小源奇怪地看著他，他也會有這麼沈不住氣的表情？今天他整個人都有點怪，他到底在生什麼氣？

「妳！」他抿了一下嘴。「妳趕緊去竺師伯那兒吧！又笨又傻，武功又差，成事不足敗事有餘，就連勾引裴鈞武都得我親自出馬，妳愛去哪兒去哪兒吧！」

小源慢慢地站起身，冷冷地看著他。又笨又傻，武功又差……原來在他心裡，一直是這麼評價她的。沒錯，她就是這麼沒用！

「你說得對！」小源轉身就走，沒想到他會對她說這種話。當然了，他已經沒必要哄著她、幫著她了，他勾引裴鈞武的目的已經達到了。

她還沒邁出一步，已經被伊淳峻緊緊從背後摟住了。他的下巴貼在她的頭髮上，兩隻手臂用力得像是要勒斷她的身體。是天氣還是他緊貼她的胸膛，竟熱得她臉頰一陣發燙。

「放開！」她用力地想推開他，在他的箝制下，她的力氣只能像是撒嬌一樣扭了扭身體。

「不放！妳還不明白嗎？」他壓抑著怒氣，一直以來，他對她的喜歡已經再三露出破綻，她就真一點都沒感覺到嗎？非要他把喜歡她這三個字寫在臉上，她才能明白嗎？

「明白，怎麼不明白？」她放棄掙扎，冷笑著說。他說得那麼直白，她能不明白嗎！

「現在到了過河拆橋、各分東西的時候了。」

伊淳峻聽了，猛然轉過她，她的肩膀被他擰得有點疼，剛想斥責他，他的唇竟然霸道地吻下來。

他一定是生氣了，才吻得她這麼疼！

在她覺得都快要站不住、斷了氣的時候他才鬆開她。

伊淳峻也劇烈地喘著氣，眼睛裡光芒大熾，用力地搖著她的雙肩。「明白了嗎？明白了嗎?!」

她大口大口地呼吸著，心跳得很快，這回真的是不明白了……他幹麼吻她？他不是和裴鈞武……

「伊淳峻，你到底怎麼了？」

「妳！」他雙手攏住她細柔的脖子，他真是用了最大努力不去掐死她。

她非要他低聲下氣地把心裡話說出來嗎?!

難道伊淳峻要殺她？小源臉色一凜。「你隨便吧，反正我不是你的對手。」

她真的覺得他的雙手在收攏，可是……為什麼他要殺她呢？他和裴鈞武被她看見這也不算什麼驚天秘密吧？他喜歡裴鈞武不是從來都不掩飾嗎？

就在她呼吸越來越困難的時候，他終於鬆開了手。

「我真是搬石頭砸了自己的腳！」他冷笑。

她有點惱怒。「我不都說了嗎？我不會把你算計他的事情告訴他的，你可以放一萬個心。我……我已經放開手了，裴鈞武和你怎麼樣，我根本不想管！」

伊淳峻的臉色越來越青。他咬了咬牙，再狠狠瞪了她一眼，轉身就走。

難道他一直以來對她的用心都是一廂情願嗎？她怎麼會糊塗成這樣？光是看著她因為他「喜歡」上裴鈞武而憤憤不平的神色，他都想宰了她算了！

表白的話無論如何也說不出口，她非要他放下所有的尊嚴，在這種情況下說出自己的心意嗎？他真做不到！

第三十三章　傳訊金哨

小源站在裴家後門旁的大樹下，遠遠地望著正在仔細檢查馬匹的杭易夙。師姊的眼光真是不錯，杭易夙最好看的是那雙狹長鳳目。

嚴敏瑜站在他身邊問這問那，說著說著，自己還呵呵地笑起來。

看見師姊笑了，小源也忍不住挑起嘴角。師姊本就不擅掩藏自己的情緒，現在更是，她把對杭易夙的喜歡，全表現在臉上了，那麼生動，那麼幸福。

嚴敏瑜看杭易夙的眼神、她拉他手時的神態、她在他身邊時的快樂……就是因為這快樂的笑容，讓小源雖然覺得師姊挑上這位名門少爺，往後路途漫漫，還是滿心祝福的。

她很想知道杭易夙是不是也一樣喜歡著師姊呢？他是個極端寡言的人，連表情都少，可他沒有趕師姊走開，應該是喜歡的吧？

小源微微蹙了下眉，為什麼她總在他冷漠平靜的眼睛裡看到些許痛苦的神色？尤其是他看師姊的時候，愛憐、疼惜還有憐憫。她熟悉，因為有時候裴鈞武也這麼看她。

小源走過去，嚴敏瑜興高采烈地對她笑著說：「小源，我要陪易夙去杭家，聽說汴京可熱鬧了，易夙說帶我好好玩一玩。」

小源愣了愣，杭易夙這時候要走？還帶著師姊？

儘管滿心疑問，小源還是笑著點了點頭。「嗯，那可真好。師姊，妳去把元勳找來，我有事和你們說。」

「很重要嗎？」嚴敏瑜緊張地瞪大眼。

小源再次點頭。

嚴敏瑜一繃臉。「我這就去。」心急火燎地快步跑了。

小源看著她的背影嘆了口氣，這麼單純的師姊，希望她和杭公子簡單幸福地走到一起，過著簡單幸福的生活。

「找我有事？」杭易夙撫摸著馬的鬃毛，沒有抬眼看她。這個支開人的雕蟲小技，只有嚴敏瑜看不穿。

「杭公子，此刻離開……」小源看著他，下面的話就不好說了。

杭易夙摸著馬的手頓時一停，他抬眼看了看她，冷然卻柔和地說：「因為家父的關係，杭家決定置身事外，我不便再留在此處。」

小源點了點頭，杭家近年較南宮、慕容低調很多，保持中立很合杭老爺的個性。

「我帶敏瑜走，也是不想她身陷是非之地。萬一情況危險，這裡又有誰是全心保護她的人？」杭易夙淡淡地說。

小源沒說話，心裡卻因為他的這句話感動不已，師姊果然沒看錯人。

「杭公子……我有一個不情之請。」小源平復了一下，突然由他的話想起了另一樁心事。

「妳說。」杭易夙話少，卻讓人絕對地信任。

「能不能也把元勳哄去汴京？他的處境與師姊一樣，留在這裡，自保堪虞。」小源皺眉。

杭易夙沒說話，半晌才問：「妳呢？」

小源一笑。「我還有沒做完的事。」

杭易夙點了點頭，卻沒追問。

「元勳是西夏世子，到了汴京，自會有人照應，我只是擔心他任性自己跑回來。」

「這個妳放心，我自會料理。」他說話的語調並沒有起伏，卻讓人放心。

嚴敏瑜和元勳匆匆趕來，後面還跟著伊淳峻。

小源神色一冷，哪兒有事哪兒就一定有他！她故意直直地看著元勳，餘光也不去瞟伊淳峻。

元勳聽說她要他去汴京立刻就吵開了。

小源有些頭疼地拉住他的手，像哄小孩子一樣搖了搖。「元勳，這次南宮飛糾集的人手眾多，我們這邊勢單力孤，你去汴京，西夏的使節一定可以調派人手給你，這樣我們的勝算更多一些。」

元勳聽了，立刻被說服，一臉鄭重的點了點頭。「小源，妳放心，我一定早早回來助你們一臂之力。」小源點了點頭，又想嘆氣了。這人……真好騙。

一直冷眼旁觀的伊淳峻也說話了，他從腰裡掏出一個小小的玉牌交給元動。「拿上這個，到我京城的鋪子裡，那兒也有些好手，你一併帶回來。」

元動興致更高漲了，使勁點了點頭。「我這就去收拾行李。」

「小瑜，妳也快去準備吧，天一黑我們就走。」杭易夙對著嚴敏瑜一笑，她便樂呵呵地跟著元動一起走了。

「元動他……」小源瞥了伊淳峻一眼，他還真打算讓元動去找人？狐狸也有失算的時候吧？她就沒打算讓元動回來。

伊淳峻冷笑，蠻橫地打斷了她。「只要他去我的鋪子，就出不來了。保證他安安全全的在汴京吃香喝辣，美女伺候。」

小源哼了一聲，就他聰明！她不理他，對杭易夙鄭重地說：「這一路，你就多費心了。」

杭易夙點了點頭，把馬牽回馬棚。

小源也掉頭就走，伊淳峻站在原地沒動，冷聲冷氣地笑了一聲。「自己的事都還沒弄明白，倒為別人的事瞎操心。」

她頓了頓身子，加快腳步。這次他回來就像瘋了似的總找她碴，大戰在即，她不想吵架，只能不理他。

頭髮被他身上帶過的風微微揚起，眼睛一花，他已經站在她面前了。

她瞪了他一眼，乾脆停住腳步。

「他們都走了，妳怎麼打算？」伊淳峻還算客氣地問。

「我也今天晚上動身去竹海。」她看著旁邊的花籬，有點兒賭氣。

「不許去！」

她忍無可忍地剜了他一眼。「我留下來幹麼？又傻又笨，武功又低，不就是個累贅嗎？」

「妳！」他又一副想殺她的表情了。

小源防備地看著他，卻沒想到被他一把摟住。

「累贅我也不讓妳走！」

她的臉貼在他的胸口，他有力的心跳震亂了她的思緒，他……一而再的怪異舉止到底是怎麼回事？她突然有點惱恨，他明明是喜歡男人的，偏偏總來擾亂她的心。被他這麼緊緊的摟住，她……她幾乎覺得有些眷戀了。

「現在裴家莊的周圍都被那些利慾薰心的武林人士緊緊盯住，就連杭易夙都要晚上溜走。就憑妳……那不是小綿羊掉進狼堆嗎？」

聽著他低低的嗓音，讓她的心又暖又酥，忘記反抗他的無禮。她貼著他，無奈地發覺自己竟然不想推開他。

杭易夙的話觸動她心底的傷感，她也希望有個人能全心全意護衛自己。

突然伊淳峻一把抱起她，一個輕躍躲到巨石後面。小源嚇了一跳，愣愣地看著他。

伊淳峻壞壞一笑，低聲在她耳邊說：「有人來了。」

他的呼吸就拂在她的耳邊，小源竟然渾身顫抖起來。

果然兩個丫鬟提著水桶走過去了。

感覺到了她的顫抖，伊淳峻低下頭仔細地看她的眼睛，小源又羞又氣地撇開臉，他怎麼了？她自己又怎麼了？

伊淳峻放下她，她這才發現腿竟然都發了軟。剛想裝作若無其事地走開，就被他用力地壓在山石上，突起的石稜硌得她後背有些疼。

「你……」她的臉脹得通紅。

「在氣死我之前，把欠我的還我。」他看著她羞紅的小臉詭然一笑。

「我欠你什麼了？」小源攥起拳頭，努力不讓自己繼續發抖。

「沒對滅凌宮主趕盡殺絕，這個不算嗎？」他又狠狠地吻她了。

小源並不像前幾次那麼驚慌，直想推拒他。她顫抖地迎受著他的吻，甚至微微回應了他。

伊淳峻突然痛苦地呻吟了一聲，從她唇邊抬起頭，眼神迷離。

「現在不行……」他低喃著大口喘氣。

不行什麼？她又聽不懂他的話了。

離得那麼近，小源用力地看著他的眼睛。「你喜歡親女人的對吧？你到底喜不喜歡男人啊？」

伊淳峻噎了一下，緊緊地閉了下眼，再睜開的時候，她嚇得一顫。

他站直身體，粗暴地拉起她的手，把一個涼涼的東西塞進她的手心。

「如果遇到危險，妳就吹響它。我一聽見哨聲，就會趕來救妳。」

他掉頭就走，小源虛軟地靠在石頭上，他又生什麼氣？難道……他喜歡她？他喜歡女人？

這個最直白簡單的答案反而讓她有些不敢信。畢竟他太深沈、太詭異，他的每一個舉動都有她猜測不出來的目的。

可是……伊淳峻看她的眼神，他的吻，他的身體……

小源低頭看手心裡的東西——一個小小的、打造精巧的純金哨子。

夏天的天空分外湛藍，小源站在假山石的陰影裡，看陽光照耀中的一切分外鮮明。望著闊朗無際的天空，她的心還是又沈又亂。

「小源姑娘！站這兒幹麼?!」裴福充手裡拿了把劍，額頭上密密地布著一層汗珠，嗓門依舊響亮。

小源看著這個年過半百的男人，說他老，真的老，頭髮花白，下頷上的鬍鬚都是白的。

但是他的眼睛還如孩童般純真，當她看著他的時候，他布滿皺紋的臉竟然紅了。

「小源姑娘，那天……就是南宮展那天……」他益發尷尬地撓了撓頭。「妳可別在意，我……」

小源搖了搖頭，對著他感激地笑了笑。「裴大叔，我都明白，那是你職責所在。」這些年，也難為他了……

「謝謝妳能明白。」裴福充真誠地說。「以後有用得著我老裴的，儘管開口。」

「裴大叔！」小源重重地叫了他一聲，鼻子有些發酸。

看她這麼感動，裴福充有些不好意思，隨便找話說。「咱們別站在大日頭底下了，我去看阿武，妳也去嗎？」

去看裴鈞武？小源還真有點兒提不起勇氣，伊淳峻嬉皮笑臉慣了，那天的事好像自然而然地過去就算了。要面對平時總是一本正經的裴鈞武，她還真不知道該怎麼辦，這個玩笑畢竟太尷尬了。

「走吧，走吧。」裴福充熱情地招呼道：「菊源也在呢，正好說說笑笑。」

小源點頭，裴大叔的心思還真是簡單，他希望她看見蕭菊源和裴鈞武相處甚篤，自己退避吧？

蕭菊源在裴鈞武房間裡忙這忙那，照顧得十分精心。

「小源，坐啊。」蕭菊源微笑著招呼她。

小源抬頭看她，蕭菊源沒防備，與小源眼神相遇。小源的心一抖，蕭菊源眼睛的笑波是她似曾相識的陰狠，她在算計著什麼？

心一驚，手裡的金哨子掉在地上發出清脆的響聲，滾落到蕭菊源的腳邊。

「這是什麼？」蕭菊源好奇地撿起來，仔細地翻來覆去看著。

「沒什麼。」小源的心裡湧起一陣不安，什麼都不想說。其實現在的情況和十年前蕭家莊何其相似，莫非蕭菊源想故技重施，引狼入室？

「上面有字，峻。」蕭菊源笑起來。「是不是伊師兄送妳的定情物？說笑的，小源別生氣，他喜歡的是男人嘛。」她終於伸手遞過哨子。

小源接過來並沒說話，只是把哨子緊緊地握在手心裡，它被蕭菊源拿在手上，她的心竟很不是滋味，那是伊淳峻給她的，蕭菊源摸一下她都覺得是玷污。

「應該是用來傳訊的吧。」一直沒說話的裴鈞武淡漠地說。「伊淳峻負責把守山口，他一定是怕小源出意外，才給了她一個哨子，以防萬一。」

蕭菊源的眼睛微微閃爍了一下，噘起了嘴。「武哥，你就不擔心我嗎？你就沒想到也給我做一個嗎？」她一半撒嬌一半認真地說。

裴鈞武看了她一眼，微微一笑。「以妳的功力，只要使出『千里鴻信』，我自然會趕來。」

蕭菊源很滿意他的回答，美美地笑了。

小源又不自覺地握緊拳頭了，那哨子像是要扎穿她的手心，很疼。裴鈞武還在受騙，可她卻不能說出真相。

裴福充灌了大半碗茶，沒心沒肺地說：「菊源，剛才我看見大通在那邊領人開倉庫清點糧食，我們一起去吧，妳也知道，大通那人弄不明白的。」

蕭菊源有些為難地說：「我這兩天都沒怎麼來看武哥，就要走啊？」

裴鈞武淡漠地說：「沒關係，妳去忙吧，我沒事的。」

「小源也走吧，讓鈞武好好休息。」蕭菊源自然不會讓兩人單獨相處，過來假作友善地拉小源的手。

「小源，妳留下，我有幾句話想對妳說。」裴鈞武突然開口。

蕭菊源眉頭飛快地一皺，笑了笑，跟在裴福充身後離開。

擦身而過時，小源感覺到她身上散發出的危險訊息，不太確定是不是自己太過敏感了。

房間裡只剩她和裴鈞武，小源覺得一味不說話反而尷尬。「你的傷……好些了嗎？」

裴鈞武看著她，她有些緊張地握著手心裡的哨子，鬆了鬆，又握緊。

「伊淳峻……有沒有對妳說什麼？」裴鈞武看向別處。既然伊淳峻已經不打算再偽裝下去了，一定會把前因後果向她說清楚的，尤其是……對她的心意。看她心神不定的樣子，他的心裡很不是滋味。

「嗯。」小源恍惚地點了點頭。「那天，你們……」她還是忍不住問了。

「小源，妳真的看不出來嗎？」裴鈞武皺起眉，這話由他來說真是諷刺。「伊淳峻根本不喜歡男人，當初他營造這種假象，只是過於戒備我，希望用這樣的方法讓我對他有所避忌，便於他行動而已。」

小源了然點頭，伊淳峻一向陰險又戒心重，剛來的時候他是根本不會信任裴鈞武的，自然不想讓裴鈞武靠得太近、盯得太緊。不過這招以進為退，用得還真噁心，裝得那麼像！

「他喜歡的……」這話裴鈞武到底不願說破。「那天，我只是最後確認一下。他對妳說了吧？他喜歡妳。」他握緊拳頭，手指都有些疼。

小源的臉不爭氣地紅了，伊淳峻沒說，可是他用行動表示得更明確。

看著她嫣紅的小臉，滿是少女柔情的嬌媚神態，裴鈞武的心空空蕩蕩。伊淳峻果然說了。他怎麼會不說呢？他也忍耐很久了吧？不用再偽裝下去，伊淳峻第一件事就是對她表白吧？

「我……很矛盾。」小源有些苦惱。「他有太多的秘密，他好像什麼都知道，他做任何事都有目的，他也太善於掩藏了……有時候我簡直有些怕他。」

能有一個人說心事真好，可這人竟然是裴鈞武？小源有些感慨。大概是兩個人的心曾那麼靠近過，而他又是個內斂可靠的人吧，她跟他很自然地說起心裡的疑惑。

「再深沈複雜的男人，愛上一個女人都是最單純的反應。」裴鈞武低低的說，他體會得太深刻！就因為他知道，所以他相信伊淳峻的真心。

也許一直愛一個人很難，但開始愛一個人卻很容易。可能……只需要遠遠地望見，甚至，只是水邊粼光下的模糊剪影。

第三十四章　戰前一別

南宮飛糾集的人不出所料地圍攻過來，公然封鎖了往來道路，紮下營寨，很多已經離開四川的江湖客聽到消息又都折返回來，南宮飛的人手越來越多，營帳每天都在增加。

小源站在山崖邊向下望著，這些人……不久前還在這裡舉杯暢飲，滿嘴奉承，為菊仙舞和比擂喝彩歡呼。現在卻拿著各自兵刃，只想把招待過他們的地方踏成平地。

他們和當年的高天競沒兩樣，嘴巴上喊的口號無比義正辭嚴，心裡想的卻全是貪婪的念頭。

這就是江湖，這就是所謂的武林豪傑，他們教會她的，比「蕭菊源」多得多！

蕭菊源不知何時走到她的身後。「在看什麼？」她順著小源的眼光向下望去，山下的人已經騷動不安。

小源的心暗暗顫抖，雖然明知蕭菊源不會明目張膽對她不利，但單獨相處，她還是不寒而慄。

「妳怕了？」蕭菊源嘲諷地一笑，她沒想到小源知道她那麼多的事，已經看穿了她的真面目，還以為小源是害怕山下的那群人。「怕什麼？一將功成萬骨枯，他們不過是些讓武哥登上武林極頂的踏腳石。」蕭菊源豪氣萬丈地說。

小源聽著蕭菊源有些狂妄的口氣，忍不住問：「妳那麼希望裴師兄成為武林之主嗎？」

「當然。」蕭菊源傲慢地看著小源。「在我心裡，武哥是天下最好的，自然應該得到最好的回報、榮耀、地位。他不該泯然一生，雖然師父常說恬淡歸真，可武哥不該像他。」

小源默默聽著，蕭菊源說裴鈞武是她心裡最好的時候，應該還是真心實意的。小源竟然有些同情她，蕭菊源也不過是和她差不多大的一個女孩子，她在西夏怨恨了蕭菊源十年，卻也遇到了師父師姊和元動這樣的好人，蕭菊源則無時無刻地活在偽裝謊言和驚恐中。

蕭菊源甚至為了保住自己的秘密，與完全不喜歡的人苟且，為了得到眼前這一切，她付出了很大的代價。

如果不是父母之仇，小源真有心放她一馬，當初的黃小荷的確可憐。當初「蕭菊源」的生活若不是開始於一個謊言，相處十年，她奉獻出真心，又不必畫虎不成反類犬地模仿蕭家後人的話，裴鈞武或者真的會喜歡她。

「如果妳有了心上人，難道就不希望他威震天下，統領江湖？」蕭菊源冷峭地問。

小源也不知道為什麼，竟然想到的是伊淳峻，不希望他活得那麼累，詭譎不羈的他似乎更適合當一位神秘高人，與她一起遊走江湖。突然她嗆了一下，大戰在即，她都想到哪兒去了？

小源穩定了心情，淡淡回答：「每個人追求的人生都不一樣吧。」

「嗯。」蕭菊源點頭。「為了武哥，別說山下這些螻蟻，就是……任何一個人，如果擋了路，我也會毫不猶豫地為武哥清除掉。」

小源知道她說的「任何人」是指自己，為了裴鈞武是個冠冕堂皇的藉口，她還是為了她自己。不過蕭菊源這麼說，小源竟奇怪地安下心來，一直擔心蕭菊源故技重施，但只要她還顧念裴鈞武，是絕對不會讓人毀滅了裴家莊的。只要防備她趁亂動手，小源覺得也不用太擔心其他。

雙方人馬又僵持了幾天，南宮飛很明白，拖下去對自己有利。裴家莊準備充足，自然也不著急，裴鈞武恢復得越徹底，勝算越大。

小源明知所有事情都佈置妥當，還是天天心驚肉跳，尤其今晚，山下異常平靜，除了幾堆大大的篝火，再無一點光亮。

伊淳峻和裴鈞武顯然也感覺到了，飽飽地吃過晚飯，他們就在大廣場上點齊人手準備迎戰。

小源站在大廳的門後，從這裡正好能看見伊淳峻的背影，他的手裡，拿了一把烏亮的長劍。她的心一驚，這是她第一次看見他用兵器，今晚……真的很凶險吧。

她在門扇的陰影裡默默聽著他好聽的聲音做著最後的部署，他和裴福充帶著最精銳的人手把住山口的要道，裴鈞武因為傷勢未痊，和桂大通一起負責守住後山的退路，慕容兄妹和蕭菊源負責裴家莊的最後防線。

領命的護衛們都士氣十足地各就各位，小源見人散去才從廳裡閃出身來。裴鈞武第一個看見了她，默默轉頭看向別處。伊淳峻卻和幾個帶隊低低地說話，看都不看她。

小源也有些氣了，都這時候了，他還有心思鬧彆扭？

小源也故意不看他，卻發現裴鈞武也拿了一把長劍，不由心頭一陣緊張。

「裴師兄，一定小心！再別讓自己受傷。」她鄭重地囑咐，眼下也就裴鈞武的傷勢令人懸心了。

裴鈞武的眼眸閃了閃，抿了抿嘴，重重點了下頭。

蕭菊源看在眼裡，嘴角殘酷地一挑，只要過了今晚……

「武哥，」蕭菊源覺得，她也該對裴鈞武說些暖心的話。她走過去拉住裴鈞武的胳膊，眷戀地看著他，纏綿地說：「千萬小心。」

「嗯，妳也小心。」裴鈞武深吸一口氣，他俐落地轉身而去。

小源咬著嘴唇，伊淳峻正握著長劍跟著裴鈞武要下臺階，他還真的就這麼走了啊？她只得洩氣地急跑一步牢牢地拉住他的胳膊，只是這麼一個小小的動作，竟讓她微喘起來，心跳也亂了。

伊淳峻頓住身，回頭仰看著她，似笑非笑的眼睛明顯還有怒氣。他撇了下嘴，冷冷地問：「有事？」

小源一愣，被他的態度惹得火氣升騰，她擔心他，都主動過來拉他了！

她鬆開手，咬了咬牙，冷聲冷氣地說：「沒事。」

伊淳峻嗤笑了一聲。「關心完妳的裴師兄，妳當然沒事了。」

小源覺得蕭菊源凌厲的目光又刺過來了，該死的伊淳峻！怎麼當著蕭菊源的面說這種話？還嫌她死得不夠快是吧？他……該不會在吃醋吧？小源被自己的想法嚇了一跳，像他這種男人就算心裡起了殺機都不會讓人看出來，怎麼會因為吃醋表現得像個孩子？

她又仔細地看了看他，冷著臉，冷著眼，妖美的臉掛滿寒意，讓人的心也涼涼得直發冷。

伊淳峻一輕身，要是他掠起，她就再不可能拉住他了。一瞬間，小源強烈地想留住他，她還有重要的話沒有對他說，她不能就讓他這麼走了。

「伊淳峻！」她飛身一撲，就在他全身已經掠起的瞬間摟住他的腰身。伊淳峻顯然非常意外，她又盡全力撲過來，他竟然一踉蹌險些仰面摔倒，不得不用手中的劍撐了一下地才不至於狼狽摔下。

他愣住了，這是她第一次主動摟住他！她的臉那麼緊的貼在他的胸膛上，屬於她的溫暖瀰漫了他的全身。

「不許你受傷！」小源氣呼呼地說，既生氣他走得那麼乾脆，又生氣自己這麼丟臉的拉住他。她本該高高昂著下巴，對他的背影冷聲一哼。

可是……

「不許受傷！」小源說完更火了，當著蕭菊源和慕容孝，多丟人呀！可她……真的不願意就讓他那麼走了。

她使勁地掐他腰上的肉聊以洩憤，可是，他結實的腰肌根本沒有多餘的贅肉，她只好把他的衣服擰出一個漩渦。

「小源……」伊淳峻並沒阻止她，就那麼僵僵保持著剛才的姿勢，那把劍還撐在地上。

「小源。」他又低低地重複了一遍。

她驟然鬆開手，氣恨地撇開臉。「我要說的都說了，你走吧！」

「可我要說的還沒說。」他終於把劍從地上抬起。

小源忍不住瞪他，他……笑了，笑得像個偷到糖的小孩，壞小孩！

「說呀！」她瞪著他的笑臉，心情突然好多了。

「又不想說了，等我回來再告訴妳。」伊淳峻微彎的眼睛裡閃爍著比星星還要亮的光，讓她的心無預警的一停。

山下的喊殺聲被夜風吹得傳了很遠，小源也握著手中的劍，臉色蒼白。那如海嘯山崩的喊聲似遠又近，間雜著慘呼哀號，讓人不寒而慄。

即使站在映紅了半邊天的火堆旁，她仍然覺得夜黑暗得讓她毛骨悚然。真想不明白，伊淳峻為什麼要等他們全都集結起來再動手，來一點解決一點不好嗎？

他的心意，她總是難猜。

柴火發出巨大的噼啪聲，她覺得臉被熱浪烤得發乾，可是……這無人陪伴的夜晚，她本能地靠近光亮。

和蕭菊源在一起，即使旁邊有慕容孝，也像這無邊的黑夜讓她戒備恐懼。

小源看見地上映出了一個長長的身影，因為火光而搖曳不定如同鬼魅。她一驚，猛地轉過身，蕭菊源微笑著站在她身後，不知道是因為火焰照進她的眼睛，還是她內心灼燒的火，她半瞇的眼亮得讓小源起了一身寒慄。

「妳要幹什麼？」幾乎是本能，她知道蕭菊源要傷害她，她下意識地去握胸前的金哨。

「妳說呢，李源兒？」蕭菊源開心地笑起來，這一天她等得太久了，她看著小源的動作卻沒有阻止的意思。

「妳真想殺我？」小源穩了穩心神，冷冷地看她。「我在這裡死了，妳也脫不了干係！裴鈞武馬上就會知道是妳殺了我，他不會原諒妳的。」

蕭菊源聳了聳肩。「那是當然的。妳不用提醒我了，我知道武哥喜歡妳。正因為這樣，妳才要死。」她粲然一笑。「妳很快會知道，我有比殺了妳更有趣的方法。」

小源的手心裡冒了汗，但還是平靜地冷笑著看她。蕭菊源能這麼坦然地露出凶相，是早就下了狠心，早就布好了局，再和她多說什麼都沒有用了。可……她也不怕和裴鈞武反目嗎？慕容孝呢？他應該就在附近，蕭菊源也不怕被他看見嗎？

「我可以把伊淳峻叫來的。」小源的口氣開始不穩，隱約意識到蕭菊源的打算。也許她就盼著她吹響哨子，伊淳峻如果回來救她，山口……就只剩裴福充了。

「叫啊，妳快叫他來，妳不肯吹這哨子，我都要替妳吹呢！」蕭菊源呵呵笑出聲。「伊淳峻給妳這個哨子其實就是為了防我，奇怪了，他為什麼會對我有這麼大的戒心？他若學了擎天咒，我的日子怕就不好過了，所以也別怪我走這一步。」蕭菊源咬了下牙，隨即又得意地笑起來。「小源妹妹，妳要是死在莊裡，那麼凶手不是我就是慕容孝，但是如果——敵人攻進來了呢？」

小源無法置信地看著她，她真的又用這個玉石俱焚的方法？「裴鈞武要是知道了，一輩子都不會原諒妳了！」

蕭菊源哈哈大笑，笑聲裡卻有掩藏不住的苦澀。「我的秘密……他隨便知道哪一樁，估計都會一輩子不原諒我，而且，我的秘密還很多。」

小源白了臉，大聲喊：「慕容孝！慕容孝！」

蕭菊源非但不慌張，反而冷笑著看她喊，小源喊了半天，也沒見慕容孝出現。難道蕭菊源和慕容孝串通？這怎麼可能?!慕容孝這幾天盡心盡力地幫著籌劃退敵啊！

「李源兒，妳還是太天真了。」蕭菊源嗤笑。「妳還以為慕容孝喜歡過妳，就會站在妳這邊？別傻了！我只是小小地提出了點兒條件，他就痛快答應了，過了今晚，慕容家也會明目張膽地加入武林聯盟了。」

「蕭菊源，」小源太心寒了，反而不怕了。「妳要想清楚，之前再怎樣，妳都有回頭路，可是如果妳毀滅了裴家莊，真的萬劫不復啊。」

「回頭路？」蕭菊源出了下神。「我哪還有什麼回頭路？裴鈞武喜歡上妳那天開始，我就一無所有，死路一條了。」

小源沈默，蕭菊源的怨恨和絕望，她居然都懂。

「妳打算怎麼做？」她看著蕭菊源，這個女人被失去一切的恐懼逼瘋了。

小源過於鎮定的反應讓蕭菊源一愣，原本還想享受她的驚恐帶來的快感，可是，她就好像只是單純地詢問，甚至都不驚訝。

「告訴妳還有什麼驚喜？」蕭菊源冷笑，一掌劈下。

明亮的火光越來越暗，最後和夜空融成一片……小源閉上雙眼，最後一瞬她看見了天上最亮的星星，就好像伊淳峻的眼睛。

這是什麼味道？

小源虛軟地微嗅了一下，好像是花香。這沁人心脾的香味讓人渾身放鬆，恐懼和不安也暫時消失了。

她艱難地睜開眼，腦袋很疼，蕭菊源一定用了很大力氣把她打暈。她是在一個四周沒有窗戶的小石屋裡，一盞滿是油污的小燈昏暗地照亮不大的空間。

她仔細地看著唯一的門，門縫外也是一片漆黑。這是哪裡？她暈了多久？她一駭，仔細地看了看身上，還好，衣物整齊。

她想站起身，卻發現一點力氣都沒有，怎麼會這樣？她艱難地爬到門邊，門縫裡並沒有風吹進來。原本就很昏暗的燈光一晃，她驚慌地看過去，燈油已盡，還沒等她爬過去，那羸弱如豆的火光也熄滅了。

小源渾身顫抖，好黑！黑得她想哭想喊。

「啊——」她最大的聲音也不過如此，如同呻吟的呼喊在黑暗裡更讓她害怕和孤獨，她咬住牙不再出聲。

她去摸索胸前的金哨，沒有了！蕭菊源拿走了！

她絕望地靠在冷硬的石壁上，蕭菊源一定吹響了哨子，把伊淳峻從山口引開，放敵人進來了。她之所以會在這裡，一定是蕭菊源得手後，趁亂把她送出來的。

小源深深地呼吸，聞著甜美的花香……這麼好聞的空氣裡，怎麼會有這麼殘酷的事呢？過了不知多久，她終於聽見了開門的聲音，突然出現的明亮讓她瞇著眼，看不清周圍。慢慢的，她又重新睜大眼睛。

南宮展拿著火把，站在蕭菊源的後面。

小源冷冷一挑嘴角，不意外。又有一個人走進門來，她的心一刺，難以相信地看著他——杭易夙！

他、他不是說不會與裴家為敵嗎?!說得那麼鄭重，說得那麼堅定。

杭易夙的眼看向別處，被她的眼神盯得臉色微微一白。

小源狠狠地看著他，這個師姊真心愛著的男人居然還是選擇了背叛！

「師姊和元勳……你把他們怎麼樣了？」她滿意地發現自己聲音雖弱，但很穩。她鄙夷地看著杭易夙。

「他們還好。」杭易夙皺了下眉，好像被揭了隱痛般咬了咬牙。

「你不擔心自己嗎？」蕭菊源饒有興致地看著她。

「擔心？」小源看著她，同樣鄙夷地看她。「擔心有用嗎？」

蕭菊源笑了笑。「沒用。」

小源看著她的笑容。「我真的想知道，妳到底要怎麼收場？」難道她死了，蕭菊源就能把一切謊言都圓了嗎？小源看了看同樣一臉獰笑的南宮展，他笑得如此邪惡時還是那麼優雅。

蕭菊源一定又是答應把寶藏分給南宮展和杭易夙，他們才為她效命的吧？

小源冷笑，為了一個謊言，蕭菊源要再製造多少謊言去成全那最初的欺騙？她要怎麼收拾這一切？她的謊已經越來越大、越來越難圓了，而且被騙的人也越來越多。

可是蕭菊源沒有半點憂愁的神色，她還笑得那麼美，那麼可愛。

「李源兒，妳為什麼總為別人的事操心？我如何收場，一定讓妳看見。」她掩著嘴，笑得花枝亂顫。

「哎呀——」蕭菊源嘆息地搖了搖頭。「小源，我等這一天等得好辛苦。妳知道，我最想做的事是什麼嗎？」她天真地瞪大眼，突然變得好像很善良。

小源忍不住一陣顫抖，她寧可看見蕭菊源猙獰凶狠的表情也不想看她這副偽裝完美的純潔面目，更醜惡，更恐怖！

「妳長得真美。」蕭菊源走過來，讚嘆地抬起她的下頷，小源嫌惡地想甩開，卻被她更用力地一捏，幾乎都聽見骨骼的哢吧聲。蕭菊源捏得她好疼，小源皺起眉，緊閉雙唇，不讓痛苦的呻吟軟弱地逸出來。

「眼睛也好美，太美。」蕭菊源絕望的嘆息。「這麼美的人兒，把男人的魂魄都勾走了。如果……」她噘起嘴狀如思考，樣子溫柔又可愛。「妳的眼睛瞎了，臉也被劃花了，伊淳峻和武哥……還會愛妳嗎？」

小源渾身一寒，血液都凍結了！

她驚恐地看見蕭菊源從袖子裡掣出一把寒光四射的匕首，讓她肝膽俱裂的銳利尖角迅速襲來，冷刃上帶著的刻骨寒風已經刺進她的眼睛。

小源徒勞地閉起眼，只覺得臉一熱……血噴濺在肌膚上的感覺原來這麼可怕。

第三十五章　生死兩難

血，還在滴，又熱又稠，在肌膚上滑過的時候會有燒灼的痛。

小源聽見蕭菊源尖利地喝問——

「你幹什麼?!」

有血，可她的眼睛……還在！小源心驚膽戰地睜開眼，擋在她眼睛前一寸地方的是一隻被匕首刺穿的手，杭易夙的手。從猙獰傷口裡流出的血滴落在她的臉上，她愣愣地讓他的血繼續流過，連動都不會動了。

「夠了。」杭易夙撤回手，俐落地拔出匕首，血濺在蕭菊源身上，他和她都面無表情，連眉頭都沒皺。

杭易夙把帶血的匕首扔到一邊，冷冷地看著蕭菊源。「我不會讓妳傷害她。」

「怎麼?」蕭菊源的眉頭終於微微蹙了蹙，但是她笑了。「你也喜歡上她漂亮的臉蛋?」

杭易夙撇開臉不再看她，沈聲說：「不是。」

蕭菊源挑著嘴角，玩味著他痛苦的神色。「難道……你真的愛上了嚴敏瑜那個傻子?」

杭易夙眼睛裡殘酷的光一閃，快得連蕭菊源都閃不開，他掐住了她的脖子。

南宮展一驚，拔劍指著他的咽喉。「放開她！」

杭易夙咬了咬牙，緩慢地鬆開了手，蕭菊源劇烈地咳嗽起來。他用銳利不屑的眼神看著她。「不許妳污辱她！她也許不如妳聰明，卻比妳好得多！至少她不會害人。」杭易夙冷冷地嗤笑出聲。

顯然這幾句話都刺在蕭菊源心上，她惡狠狠地瞪著他。「杭易夙，別惹怒我。」

杭易夙惱恨地一瞇眼，沒再說話。因為緊緊地握拳，血更快地滴在地上。

蕭菊源看了看他，又看向小源。

小源被她冰冷的目光刺得渾身一顫，她又要幹什麼？

蕭菊源突然笑起來。「李源兒，鐵骨柔情的杭公子救了妳這雙勾魂的眼睛，妳說該怎麼謝謝他？」

所有人的神色都一凜，南宮展的表情尤其古怪。

蕭菊源拿出一小瓶藥粗暴地灌進小源的喉嚨，她又巧笑著看杭易夙了。「杭公子，這麼個銷魂的美人兒就歸你了，真是豔福不淺哪。」

「菊源……」南宮展皺眉，十分不甘。「不是說好了由我來……」他被蕭菊源看得一凜，不由自主地閉了嘴。

蕭菊源看了看正冷冷瞪著她的小源，惋惜地一笑。

「可憐啊，小源妹妹，奪了妳清白的人居然是杭公子。如果妳要報仇，就要把妳這個醜陋的秘密告訴裴鈞武或者伊淳峻，這樣他們才會替妳出手。哎呀呀，他們要是殺了杭易夙，妳的嚴師姊該有多傷心？」蕭菊源搖頭，嘖嘖有聲。「剛剛杭公子把嚴姑娘說得那麼好，我很想看看，她要是知道你們倆有這麼段香豔的回憶，會怎麼辦？會不會因妒生恨，也幹起害人的勾當？」

小源覺得自己的心跳已經加快到一種無法承受的速度，身體越來越熱，後背浮起一層汗，衣服都濕透了。小源咬緊牙關，生怕發出什麼聲音，讓蕭菊源更肆意地侮辱她。蕭菊源故意選中杭易夙，實在太毒，太毒！小源渾身都迸發出恨意。

「妳最好殺了我……」小源已經開始喘了。「不然，我一定讓妳一無所有。」

蕭菊源哈哈大笑。「李源兒，妳不傻，但妳成不了大事，因為妳不夠狠。我不殺妳，我要妳一輩子活得痛苦！」蕭菊源看著小源，眼睛因為興奮光芒四射，看起來有些瘋狂。「李源兒，妳被杭易夙污了身子，以後只要妳和別的男人上床，就會想起自己這個不能說的第一個男人！你倆當然也可以說，然後一輩子讓嚴敏瑜恨著痛著。」

杭易夙咬牙切齒地一哼。「我不會讓妳得逞。」

「情聖杭公子，」蕭菊源又譏誚地看著他笑了。「你當然可以拒絕，這偏僻地方只有你和南宮兩個男人，這藥凶猛得很，半個時辰內不成就好事，這麼個如花似玉的美人兒就會心跳加速至死。難道你準備讓李源兒三貞九烈的去死？那倒也不錯。」

小源緊緊靠著石壁，蕭菊源說得沒錯，她的心跳得越來越快了，躁熱的感覺從心窩蔓延到全身。

蕭菊源俯下身打量著越來越喘的小源。「這動情的模樣我看了都心癢癢的。杭公子，好好享受吧。為了你的安全，我替你再做一次好事。」她的手陰柔地撫上小源的胸前。

「妳幹什麼?!」小源再也忍不住尖叫起來。

蕭菊源柔柔一笑。「讓妳從此變成一個銷魂的小東西。」她一運力，砰地一聲悶響，小源的身體重重地彈到牆上，一口鮮血噴湧出來，灑在她胸前的衣服上，血跡斑斑。

「妳幹什麼?!」杭易夙恨得渾身顫抖。

「我用獨門方法震斷了她的心脈，誰想讓她活只能用真氣為她續命。辛苦修練來的珍貴內力，要被這個絕世美人兒每天消耗，直至油盡燈枯！」她得意地大笑。「李源兒，妳說，誰會捨不得妳死呢？這不是比殺了妳更有趣嗎？讓妳活生生地看著愛妳的男人一點一點被妳吸乾內力。或者……再沒有男人肯為妳這樣犧牲，都離妳而去。」

小源趴在地上，滿臉滿嘴都是血，她的血和杭易夙的血都混在一起。神智居然還很清醒，小源笑了，她的憤恨已經到了頂。「如果那個男人是裴鈞武呢？」傷人自然要往最脆弱的地方下刀子。

蕭菊源的笑一僵，隨即一狠神色。「妳說呢？我得不到的東西還珍惜他幹什麼？他把真氣給妳續命，功力降低，我隨時可以要了你們倆的命！」

小源沒說話，也許到了最後，蕭菊源真的會連裴鈞武都殺害，再沒有什麼是這個女人做不出來的了。

「可以了，杭公子，你看，她的臉更紅了，快些享受吧。」蕭菊源瘋狂地笑著，拉著一臉惋惜的南宮展走出去。

「等等！」小源劇烈地喘著，因為嘶喊，又嗆出一口血。「把金哨還我！」她不想讓伊淳峻送她的東西落入這女人骯髒的手裡。

蕭菊源退回門裡來，悠悠地看著她。「這時候，妳還想著伊淳峻？」她輕笑。「更好，妳和另一個男人苟且交歡的時候，心裡想著妳的伊師兄，多享受啊。」她一甩手，袖子裡的金哨被摔在地上發出連續的脆響。

杭易夙快速的撿起來，交到小源手中。

小源緊緊握住，淚水終於絕望地淌下，把血污的臉沖出一小塊的清淨。杭易夙看著她被血和淚覆蓋的臉上那悲苦的表情，心裡一陣不忍。

蕭菊源冷笑一聲，翩然離去。

火把被他們拿走了，屋子裡又只剩噬骨的黑暗和男人女人越來越急促的喘息。

黑暗雖然把希望都湮滅了，卻也掩蓋了絕望的難堪。

小源緊緊地咬著嘴唇，心已經徹底失去控制，一下一下跳得像要從喉嚨裡迸出來。每一次跳動都把血液更狂猛地擠壓到身體各處。慾望的感覺如此陌生，身體裡的某一處越來越空虛，她羞惱的發覺熾熱的液體在她最脆弱的地方積蓄，甚至流淌出來，在兩腿之間卻是冰涼刺骨的。

杭易夙喘著粗氣站在她看不見的一角，沒有任何行動。

那種渴望被撫摸、被充實的感覺帶動了新一輪的躁熱和心跳，把嘴唇咬出血也忍不住一聲又一聲似痛苦又似哀求的呻吟。

杭易夙終於深吸了一口氣，跨前一步抱起她。

淚水再一次湧出來，死，她想讓杭易夙給她一個痛快的了結，可是她不能，她還不能死！活……又太難堪太痛苦！

過了這如同沈淪在地獄裡的一夜，明天會如何？她又會如何？

「我帶妳走！」杭易夙沈著聲說，這句話也像是他在地獄裡發出的最後呼喊。

他抱著她的手臂在劇烈的顫抖，小源在混亂中分辨不出他的感受，是痛苦還是壓抑？不管如何，杭易夙答應帶她走，離開這裡……至少還有一絲絲的希望。

原來石屋是在地下，怪不得連風都沒有。出了密道口，不知道走了多久，漫長痛苦得有如一個輪迴。杭易夙終於停下來，把她放在地上。

在最清澈的月光下，小源看見了一片連綿到星空界線的花海。是什麼花她已經分不出了，有粉有白，香氣四溢……在水淹火燒中的她眼中，這也不過是一處最美麗妖豔的慾望煉獄。

最後一絲希望也破滅了。

蕭菊源說得對，這偏僻至極的地方……只有杭易夙和南宮展兩個男人。

身體在緊繃，催逼著她扭動起來。她的手摳進花下冰涼的土裡，淚水打濕了粉紅的花瓣。她閉緊眼，淚水還是從長長的睫毛又快又急的滴落，她難堪地不敢再睜開眼。

「殺我……或者救我……」說出這話的時候，她比死還要更難受。

杭易夙站在花叢中，身體劇烈抖動，或者說扭曲，受了傷的手因為緊握著拳，鮮血四濺，周圍的花都被血滴打得搖晃起來。

「我不能！我不能！」他竟然哀號著大喊出來。「我不能——」

小源被他慘烈的呼號驚了一下，忍不住抬眼看他，這個男人連臉都痛苦的扭曲了，原本英俊的容貌現在只剩讓人又驚又怕的慘痛表情。

他怎麼了？

「我不能……我不能……因為我是……」杭易夙的身體一陣更劇烈的抽搐，他竟然丟下她落荒而逃。

小源的全身都在顫動，周圍的花被搖得花瓣四散，落在她的頭髮和臉上、身上。她仰望著深渺的星空，笑了……這麼死，太不甘心了，可總比和杭易夙不清不楚介意一生要好。

可是……她的秘密怎麼辦？她的仇恨誰替她討還？

其實她真的該為師姊高興，那個男人如此如此的愛她……這一生，有沒有人這樣愛著她李源兒呢？

小源把手裡的金哨拿到眼前，伊淳峻……他不是說只要她吹響它，他就會來救她嗎？現在，他在哪裡？小源輕輕的吹響了它……第一次，她聽見了它發出的悠長聲響，彷彿，這是召喚她去天堂的樂聲。

她聽見一陣金屬的碰撞聲，有人在打架。她麻木地聽著，心跳的速度已經快要超出她能承受的極限了。

她的眼睛漸漸合攏，將要閉上的那一瞬間，她看見了杭易夙的臉和他身後的一道影子……

她的神智已經快要潰散了，覺得被一個男人用力地抱進懷裡，她痛苦的低叫一聲，身體嚮往著他的身體，因為他的接近，她的心跳得更快，她等待充實的空虛更加灼熱和難受。

「走遠些，事後我會發焰火叫你來！」

她聽見抱著她的男人用命令的口氣說，粗嗄的聲音好像在哪裡聽見過。

她艱難地睜開眼，是他?!他銀亮的面具在月光下泛著冷光，他黑色的衣袍和諧的融入夜色。居然是他，滅凌宮主！

她劇烈喘息地貼緊他結實的身軀，是他也好。絕望到感覺不出屈辱的她竟然一陣慶幸，到了這個地步，她寧願是他。

滅凌宮主已經開始脫她的衣服了，他冰冷的手指觸碰到她灼痛的肌膚時，她竟舒服得起了一陣顫慄，瘋狂地想向他索要更多。

他卻停住了，似乎在猶豫著什麼。

小源痛苦無奈地在他的懷裡扭動，他的停頓讓她的身體更加焦灼更加渴望。

她聽見他的一聲低吟，後腦一疼，他似乎點了她的某處穴道，星星不見了，月亮不見了……因為視覺的消失，其他感官更加敏銳起來。

「我的眼睛……我的眼睛……」她驚恐地哭泣起來，經歷過險些失去光明的絕望，她更加害怕。

「沒事的。」她聽見滅凌宮主安慰的聲音。「解了穴就會好的。我只是……只是想吻妳……」最後幾個字已經在他纏綿的輕吻裡了。

她聽見肩膀旁邊有什麼東西落地的微響，是他的面具。

因為他的靠近，她的需要更加迫切。她並不知道自己要的是什麼，只是狂亂地摸索著他的頸項，他的胸膛，他的腰……他解開了她的衣服也解開了自己，她煽情的手每觸碰他身體的一處都引起他脹痛的慾望。

小源的牙關都已經緊了，只能發出如同嗚咽的祈求，他身體的熱度奇異的減緩了她的心跳。

當他的手指愛憐的探進她的慾望深淵時，她尖叫起來了，就是那裡，就是那裡。「救我……救我……」她猛地攀住了他的雙肩，把他拉向自己。

滅凌宮主也忍不住低吼起來了……

灼燒的巨大慾望擦探著她的痛苦之源時，她哭喊起來，主動迎靠上去，希望得到更多。身體被撐開的疼痛比全身叫囂著的火焰輕得多，而且，這容納的痛竟然紓解了快要把她燒成灰燼的慾望。

他終於完全的充實了她，她的手亂搖著，終於抓住了一株花的根莖，他引發的疼痛竟然讓她等待已久的身體突然一陣劇烈抽搐，她尖叫著猛然握緊花莖，花汁順著她的指縫漫溢出來。

她的緊窒，她的甜美……她突如其來的裹緊抽搐，竟讓他僅僅只是進入就暢快的噴發了。

滅凌宮主渾身微汗地俯身壓住她銷魂的身軀，苦笑地嘆息。「居然丟臉了……」

她渾身劇烈一顫，對他身分的疑惑更加強烈了。

他狂躁的吻著她，他知道她需要他。天知道誰更需要誰，她讓他瘋狂！他從她身體撤離，只是微微的離開就已經渴望得要命，他再觸上她快要融化他的柔軟時，已經熾硬得疼痛不堪。

小源也因為他的離去而懊惱地吟叫起來，她用沾著濃烈花香的雙手摸索著他，他迅速地引導她的雙手環住了他的肩膀。

小源動情的嬌媚在月光下就是毒殺他的鴆藥，她已經初窺了極樂的奧妙，當那柔若無骨的小手從他肩頭滑落而握住他疼痛的熾硬時，宛若最絢爛的煙火在他身體裡炸開。

她引導著他進入，低低需索著懇求。「救我……救我……」

「小源……我的小源……我……啊……」他完全崩潰了。

星空下的花海裡，無論是怎樣的兩個人，無論是怎樣的緣分……她和他都一同升入了絕美的天堂。

第三十六章 完美謊言

慾望退卻後，小源癱軟在倒成一片狼藉的花株上，身體空泛無力，疲疼破敗。她和他的液體沾染在她身體各處，又黏了幾片花瓣，狼狽冶豔。

應該是清晨了吧……小源感覺到了露水的涼意，遠處隱約有歡快的鳥鳴。她閉著眼，不知道視力恢復了沒有？就算能看見了，她也沒有力氣去看了。

小源聽到低低的輕笑，滅凌宮主還沒有走，他的笑聲滿足而愉快，小源聽了有些懊惱。他當然高興了！之前胡亂承諾，沒想到一語成讖，趕來救她的竟然是他！小源心煩意亂，頭開始鈍鈍地疼起來。

滅凌宮主溫柔的抱起她，折騰了整個晚上他還是精神奕奕。

「這是什麼？」他撫摩著鑲嵌在她上臂皮膚裡的月形寶石。

小源瑟縮了一下，沒回答，他就連她最後的秘密都看到了。

「真美……」他俯下頭輕輕的舔了舔在她薄薄皮膚下閃著光的寶石，引發了她又一陣顫抖。滅凌宮主又笑了，攬過她，吻了吻她已經紅腫的唇。

小源卻側開頭，冷聲說：「解開我眼睛的穴道。」

滅凌宮主被她冷漠的語氣刺了一下，原本溫柔的動作頓了頓，還是很小心地把她放下。

小源聽見衣服的窸窣聲，他在穿衣服？輕微的金屬聲，他把面具也戴好了吧？小源又被他抱起，這回滅凌宮主溫柔仔細地幫她也穿好了衣服。

雖然看不見，他輕柔的觸碰、他溫暖的呵護都讓小源的鼻子一酸，眼淚驀地流淌下來。

「怎麼了？」滅凌宮主有點擔憂。

「眼睛疼。」她吸了吸鼻子胡亂找了個理由，總不能說危機過去，她開始自怨自艾後悔不迭了吧？估計以滅凌宮主的脾氣，非一掌劈死她不可。

滅凌宮主輕哼了一聲，顯得有些懊悔，立刻解了她後腦的穴道。

「我還是看不見！」小源哭起來，發了很大的脾氣。

「總要恢復一會兒的，別擔心。」他愛憐的把她摟入懷中，讓哭泣的她靠在胸膛。

小源靠在他懷裡，驚恐地發現自己竟然有撒嬌的成分。不對……滅凌宮主的聲音好像與平時不太一樣，可欠揍的傲慢語調、有點兒撩人的語氣，卻分明就是他本人。

小源把眼睛微微睜開一線，模模糊糊地看清果然已經是早晨了。

「還是看不見！還是看不見！」她故意哭鬧起來，耍了點兒小心機。其實她早就有一點點的懷疑，可是這個猜測太荒唐了，她自己都立刻否決，現在看來，她的感覺還是準確的。

「好了，別哭，越哭眼睛會越疼的。」高傲的滅凌宮主很溫順地拍著她的胳膊，像在哄小孩子。「此處不宜久留，我先送妳回去，別胡思亂想，我的事情解決完，就立刻去迎娶妳。」他說著說著得意起來，嘿嘿地笑了下。

小源不理他，不知道說什麼好，該答應還是該拒絕？

滅淩宮主掏出一個飛天火信發向空中，在寂靜的四野發出懾人的一響。只一會兒，杭易夙便飛掠而來。他的臉色鐵青，身體還在微微顫抖，他的眼睛低垂著，平靜無波的漠然下全是撕心裂肺的忍耐。

而他的態度竟然很恭順。

「這個給你。」滅淩宮主從腰間拿出一面金牌。

杭易夙接過後表現出一陣驚愣，然後滿臉驚喜。

小源奇怪地偷看著他，因為怕他發現她恢復了目力，不敢把目光集中在杭易夙臉上過久，她又垂下眼來大聲抽泣了兩下。

「有了這面牌子，你就不用受制於那人了。」滅淩宮主冷聲說，口氣像是杭易夙的主人。「送她去裴家的別院，蕭菊源已經回去了，你不必再聽命於她，以後只要盡心保護小源。」他吩咐道。

杭易夙愣了一下，一抱拳。「是！」

交代完畢，滅淩宮主又柔聲問她：「眼睛看見了嗎？」

小源哭著搖頭，一提真氣，果然內息一陣翻湧，如她所願的吐出一口血來。

滅淩宮主一驚，迅速搭上了她的手腕。

「是誰傷了她?!」他竟然氣恨得連聲音都微微顫抖了。

「蕭菊源。」杭易夙不屑地說出了這個名字。

滅凌宮主沈默了一陣，終於冷聲一哼，再沒說什麼。

他的手對上她的手，小源渾身一輕，奇經八脈舒服了很多，他在輸內力給她！熟悉的勁力，她更堅定了最初的懷疑。

她微微一咳，身體故意一晃，滅凌宮主急忙停下摟過她。

小源佯裝要嘔血，無心地急握住他的手來接。他剛大量用過內力，掌心的藍色還沒消退。果然是他，伊淳峻！他的吻、他卸下心防時呼喊她名字的語氣，她都太熟悉了。

他騙她騙得好啊！怪不得剛才笑得那麼得意了。行！到了現在他還不說真話，就別怪她連本帶利地討回舊帳了。

「還好嗎？」「滅凌宮主」有些急躁。

小源卻一挺腰背，從他懷裡坐起來，冷著臉。「杭易夙，你在哪兒？帶我回去。」

滅凌宮主一愣，摸不清她瞬息萬變的態度。

「我的眼睛要是瞎了，就讓裴鈞武把你的眼睛也挖出來。」小源讓眼睛沒有焦點的看著他所在方向。

滅凌宮主聽了，冷冷哼了一聲，真不高興了。「放心，瞎不了。妳的裴師兄想挖我的眼睛，還沒那麼容易。」

小源向杭易夙摸地伸出手。「手下敗將還誇這樣的海口？杭易夙，帶我走。」

杭易夙把她抱在懷中，小源示意他等一等，居高臨下地吩咐還坐在地上的滅凌宮主。

「今天的事就當沒發生過。你雖然救了我，我……我也……」她咬了咬嘴唇說不出那個詞。

「我們兩清！我是不會嫁給你的，我已經有了心上人。」

滅凌宮主半晌沒有反應，終於開口了，卻問得很沒氣魄。「妳的心上人是誰？」

「我沒必要告訴你。」小源挑著眉，十分傲慢。

「李源兒……」自從認識，他還沒吃過這樣的癟，氣得牙根都癢癢。「妳別以為我現在就捨不得殺妳了。」他故作冷酷地說。

小源不屑地哼了一聲，他還真捨不得。她毫不收斂地說：「你尤其不要對裴鈞武胡說！我打算嫁給他了，報復蕭菊源沒有比這個更狠的了。你要是還念在我們一夜恩情，就守住這個秘密。」

滅凌宮主僵著身子沒說話。

「走！」她對杭易夙說。

離開了花海，杭易夙突然停下腳步。「妳笑什麼？」他駭然發現小源在笑，該不是瘋了吧？

小源搖了搖頭。「沒什麼。」

命運對她到底寵還是不寵，她也說不清了，但她現在真的很高興。尤其想到伊淳峻現在正坐在花海裡獨自生悶氣，就覺得格外解恨。

以杭易夙的腳程，店鋪還沒有開門，他們就已經回到了霜傑館。小源遠遠就看見大門掛滿了白幡，到了近處看見門樑上高懸著黑色的「奠」字。

杭易夙放下她，小源呆呆地站在飄搖的白簾下，誰……死了？

其實杭易夙一路帶她奔回霜傑館，她就明白裴家莊可能已經化為焦土，可沒想到會有主人家過世，蕭菊源真的不怕無法收場嗎？

裴鈞武迎出來的時候神色有些焦急，憔悴的臉上盡是擔心和傷痛。

「小源！」他有些失態地一把摟住她，像是再也不肯放開般用力。「妳總算回來了！如果妳遭遇了不測，我……」他鬆開些距離，細細看了看她，眼睛裡焦灼的情緒更明顯了。

「妳……還好吧？」

小源有些驚異地看著他，如此坦率地在眾人面前表露自己情感的裴鈞武，她還是第一次看到。或許他是因為太悲痛，脆弱得無法掩飾自己的內心了吧？那夜過後，一切都好像變了，變得天翻地覆。

裴鈞武看見她脖子和鎖骨上的痕跡，渾身止不住地顫抖，其實他也不是沒想過，小源若是落入南宮展的手中，會是什麼結果，他的眼睛裡掀起滔天怒色。

小源連忙安慰地搖了搖頭。「裴師兄，不用擔心，我很好，南宮展……並沒欺辱我。」她猶豫了一下，裴鈞武的蒼白憔悴讓她突然不忍心立刻揭穿蕭菊源。「誰……過世了？」

裴鈞武顯然很懷疑她的話，但也不願意此刻再糾纏於這個問題，他吸了一口氣，定了定亂了的心神，冷著臉說：「我爹和桂二叔。」

小源渾身一抖，愣住了。裴大叔和桂二叔死了?!小源的呼吸凌亂了起來。「是那天嗎？到底是怎麼回事？」

「進去再說吧。」裴鈞武終於恢復些往日的冷靜，淡淡地說，眼睛不冷不熱地瞟了杭易夙一眼，想不通為什麼他會和小源在一起，卻沒有立刻追問。

走進靈堂，小源沈默地看著裴福充和桂大通的靈位，他們的大嗓門好像還迴響在她的耳邊。小源的眼睛一酸，癱軟倒地。他們……終於為了蕭家而死，她甚至還沒能對他們這麼多年的忠誠說一句道謝的話。

「那天……那天到底怎麼了?!」她嘶聲喝問，淚水長流而下。

內疚，她真的很後悔！如果她再勇敢一點，早點說出蕭菊源的秘密，裴桂二人就不會死，裴家莊也不會被毀。

「那天，」裴鈞武瞇著眼看靈前飄渺的香火，臉色越來越冷。「山上響起妳求救的哨聲。」

「我……我沒有。」小源一凜，想說是蕭菊源，可裴鈞武的神色實在不好，她想等伊淳峻回來，商量下再說。

「嗯，我知道。」裴鈞武看了她一眼，臉色緩和了些。「伊淳峻趕回去救妳，桂二叔跑去幫爹守住山口。原本還可以支援，不知道哪兒又來了一批好手，爹和桂二叔力竭戰死。我也被一批來路不明的人拖住纏鬥，南宮飛帶人衝進來，裴家莊……被燒成焦土。」

小源渾身亂顫地跌坐在地上，看著冷靜地說著這一切的裴鈞武，他的口氣像在說別人的事。自己的家化為灰燼，自己的親人驟然離去，他的心情與當年的她一模一樣！看著他空洞的眼睛、蒼白如紙的臉色，她所受過的創痛好像一下子從記憶裡鮮明地復活了。

看著同病相憐的裴鈞武，讓她說出這一切的主導都是蕭菊源……是不是太過殘酷？

蕭菊源畢竟不再是十年前的小姑娘，只要是她得不到的，她就毀滅得如此徹底！

小源想起那天晚上裴福充對裴鈞武說的話，想起裴鈞武對她說的話。這十年來，裴家對蕭菊源又敬又愛，呵護寵愛，仁至義盡，她僅僅只是旁觀已經銘感於心。蕭菊源……她怎麼可以這麼做！她幾乎等於親手殺了十年來對她像親人一樣的人！

小源深吸一口氣，鄭重地對裴福充和桂大通的靈位叩拜下去，額頭重重地觸在石磚上，她是真心誠意感謝他們對蕭家的情義。

裴鈞武動容地看著她，菊源也在靈前哀哭流淚，卻沒有小源這樣真摯的眼神。她拜完，搖搖晃晃地站起身，默默地祝禱了些什麼。

小源放下手，扭過頭來默默地看著裴鈞武，其實她早已發現，從她決心放下裴鈞武，到伊淳峻表明心意，她和裴鈞武之間已經悄然改變了。以前看他被宿命折磨，她痛苦、不甘，時時刻刻想說出秘密，名正言順地和他在一起。可現在，她真心誠意地憐憫他的哀痛，之前的糾纏愛怨卻消散了。

她走過去，像撫慰親人一樣抱住了裴鈞武的腰，裴鈞武一顫，他全都感受得到，她體貼，她憐憫，卻不再愛他了。那種無法言喻、只能感覺的愛戀，已經消失了。她的溫柔他貪戀，可她的溫柔也深深地刺傷了他，她果然已經愛上另一個男人……

她輕輕地咳了一聲，嗓子一哽，他的袖子上熱熱的濡濕一片。

裴鈞武低頭看，是血！

「妳……」他驚懼地看著她，一瞬間，失去她的恐懼大過其他一切。

「我沒事，只是受了些內傷。」小源輕描淡寫地說。

裴鈞武不信，掐住了她的手腕，細細分辨她的脈象。他臉色越來越森冷，眼睛殘酷的瞇起。

小源有些奇怪，他並沒問是誰打傷了她。

「跟我來。」他扶著她，強硬不失溫柔地領她走進內院。

蕭菊源柔柔地躺在床上，看見裴鈞武和小源走進來後虛弱地一笑。

小源瞪著她，簡直佩服她！她怎麼還敢回來？蕭菊源真不怕自己的陰謀被揭穿而死無葬身之地嗎？或許，她高估了裴鈞武對她的感情，又或許，她想不到以為早已除掉的蕭家後人就在眼前。

「好些了嗎？」裴鈞武低聲問，不帶任何情感。

「好……好多了。」蕭菊源哽咽地說，眼淚瞬間又流出一行。「武哥，多陪我一會兒吧，我好怕……」

「妳先好好休息，一會兒我再來看妳。」裴鈞武不為所動地說，拉小源一同走出房間。

「她怎麼了？」小源掩飾不住厭惡地說。

「莊破之後，所有人都被衝散了。我和伊淳峻會合後，就到處找你們，後來……」裴鈞武皺眉。「我們發現了南宮展的蹤跡，循跡找去……看見了菊源。她胳膊和腿都脫了臼，渾身是傷，人也被南宮……玷污了。」

他又痛苦地看著她了，小源知道他心裡在猜測什麼，微微一笑，搖頭表示自己沒事。蕭菊源果然心狠手辣，就連對她自己。小源冷笑，她早該想到，能拉攏住南宮這麼為她賣命，蕭菊源付出的不可能僅僅是個虛無縹緲的承諾。現在好了，她「意外」失身給南宮這個「仇人」，裴鈞武要是再置她於不顧就是無情無義了。

「慕容孝呢？慕容家……」小源一直不肯相信，就連慕容兄妹都為了錢背叛了朋友。

「其實……」裴鈞武冷然一笑。「也不能怪他們，畢竟父命難違，再加上誘惑很大。慕容孝好像受了些傷，被慕容惠救走了，我們急著找妳，也沒理會他們。」

小源點頭，他們充其量不過是從犯，念在往日交情，走了就走了吧。「抓到南宮了嗎？」

裴鈞武搖頭。

小源挑了下嘴角，找到才怪！估計早就藏到安全的地方，等著接應蕭菊源呢。

「小源……」裴鈞武眼睛煩亂地一瞇，到了嘴邊的話終究還是沒有說出口。

菊源是有太多疑點，可沒有證實前，他還是不忍說出懷疑她的話，不忍問小源對她的看法。再如何，畢竟十年朝夕相處，沒了夫妻的緣分，終歸還有同門的情誼，還是……前朝舊主。

剛才給小源把脈，他就發現了，雖然震傷小源心脈的功夫是河北韓家的絕技，江湖上很多人會用，但做到斷而不死，只有師父、他和菊源。就連伊淳峻和藍師叔都不行，他們的內力剛猛，只有他們這派內力綿韌才能達到這種效果。

小源看著他，明白他想問什麼。畢竟蕭菊源撒的謊太多，破綻也越來越大了，裴鈞武不起疑是不可能的。

伊淳峻，他怎麼還沒回來?!

不知不覺，她已經很依賴伊淳峻了，遇見了難題，她只想和他商量。

「妳先休息一下吧。」裴鈞武嘆了口氣，對小源來說，未來仍舊苦難重重，僅是她的傷，師父也未必有把握醫得好。

第三十七章 同病相憐

靈堂裡不算暗，一排排素燭搖曳燃燒，光線雖亮卻還是一派淒然慘澹，讓整間廳堂顯得空洞灰暗。

丫鬟端著涼了的飯菜搖著頭從裡面走出來，抬頭看見小源默默地站在院子的柳樹下。

「小源姑娘。」她禮貌的屈了屈膝。

「他不吃嗎？」小源看著跪在靈邊麻蓆上的裴鈞武，他一直跪在那裡宛如石像。

「少爺自從裴家莊被燒毀後，」丫鬟謹慎地頓了頓。「一直在找小姐和小源姑娘妳，現在又給大老爺二老爺守靈，已經好幾天不吃不睡了。」

小源幽幽嘆了口氣，因為她經歷過，所以她格外能體會裴鈞武現在的心情。失去了父親和叔叔，失去了家，而整件陰謀的策劃者很可能是自己呵護了十年的未婚妻兼師妹！他現在的感受一定和她當年一樣，好像一夜之間，什麼都失去了，他對身邊的一切都產生懷疑，不知是敵是友。

「去端碗熱粥，拿些小菜，我在這兒等妳。」她吩咐。

丫鬟點頭去了。

小源在夜色中看著靈堂裡的他，他挺直的脊背、他冷漠的表情……他偽裝堅強的樣子，都刺痛了她的心。

她端著托盤輕輕走進來的時候裴鈞武動了動，近了，他伸手接過，不甚經意的撂在地上，口氣有些責備。「身子不好，不要做這種事。」

「你自己不肯吃，我只能做這種事。」她跪在他旁邊的墊子上，口氣同樣埋怨。

裴鈞武剛才一直在想蕭菊源，整件事裡她到底扮演了何種角色？想得越多，心就越寒，眼神也越冰冷。聽到小源的這句話，一直緊繃著的心情才得到輕微的舒緩，眼神也溫柔下來。「我不餓。」

小源加了些金箔在火盆裡，瞪了他一眼。「你不餓，你的五臟六腑餓了。」說著不依不饒地端起碗，舀了一勺塞到他嘴邊。「吃。」

裴鈞武一愣，微微苦笑，張嘴嚥下。他皺起眉，搖頭拒絕第二勺。

小源又瞪他，裴鈞武一笑，淡淡地說：「燙。」

小源的臉頓時紅了，她的確不會照顧人，有些不好意思地收回手，輕輕吹了吹勺裡的粥。

裴鈞武默默的看著她，不管現在她怎麼看他，有她陪伴在身邊真的很好，孤獨難熬的夜晚，有她在，似乎格外溫暖。

他接過碗，不忍心她拿著那麼燙的東西，她又催促地看他了，他挑起嘴角點了點頭，一口一口把吃在嘴裡如同渣土的粥吞下。

「睡一下吧。」小源眨眼的時候，長長的睫毛忽閃著格外惹人疼愛。

裴鈞武看著她，他的人生裡剩下美好的東西不多，不知道她還能不能算是一件？

小源起身去拿放在最靠門口的椅子上的被褥，裴鈞武守靈好幾天，下人們把被褥拿來，他一次都沒用過。她抱過來細心地鋪好，示意裴鈞武躺下，當初她一個人哭哭啼啼地躲在山洞裡，唯一期望的就是有人照顧她、陪伴她，裴鈞武也一樣吧？

裴鈞武果然沒有拒絕，在褥子上躺下，小源為他輕輕蓋好了被子，微笑著說：「睡吧，我不走。」

這句話好像正觸在裴鈞武心上最痛的一處，不管他在別人面前多沈穩多鎮定，其實他的心早已亂了，像平時健朗突然生病的人，格外希望有人照顧呵護，更何況這個人是小源。

他的心一軟，衝動地拉住了她的手。「小源……」他有些脆弱地叫她的名字，如果能求她別走，就這麼一輩子陪著他多好。

「睡吧。」小源像拍孩子一樣拍了拍他。

裴鈞武有些茫然地看著她，因為傷心，他現在根本顧不上掩飾自己的情緒，很多平時他根本不會說的話，他都管不住自己說了出來。「小源，為什麼還對我這麼好？」他曾經害她那麼傷心。

「因為我也失去過親人，失去過家。」小源摸了摸他烏黑的頭髮，幽暗的燭火裡，她安慰的好像是十年裡思念父母、思念家園而哀哭孤寂的自己。

裴鈞武緩緩地閉上了眼睛，想流眼淚，又覺得心裡很踏實，她輕柔地拍著他，讓他難以言喻地放鬆，終於沈沈睡去。

等他睡著了，眼角才流出一行水光閃爍的眼淚，小源看了，也心酸不已，輕輕為他拭去。

當一個身影進入靈堂走到她身邊時，她看也沒看，輕輕的把手指放在唇上，作了個「噓」的手勢。

她的輕輕一聲噓，還來不及放下手指，迎面一陣劇烈的內息洶湧而來，冰冷的寒意讓她忍不住渾身一抖，靈堂裡的蠟燭瞬間被他所發出內力帶過的風盡數撲滅。

於是她看見月光背景下的剪影。

他來了……她的心一亂。是甜是苦？是愛是怨？一時也品不出什麼滋味了。

看不清伊淳峻的表情，她只是徒勞地愣愣望著，他也在看她。

小源猛地察覺自己迎著門外透進來的月光，他一定能看清自己每個細小的表情。她有點兒賭氣，他總是這麼狡詐，占盡優勢，而且……而且回來得這麼晚，誰知道又去布置什麼陰謀，留她一個人面對這麼複雜的場面。她有點兒抱怨，於是盡力使自己看上去冷漠決絕。

裴鈞武被那陣內力驚動，起身第一個反應就是攬小源入懷，用自己的身體把她遮擋周密。莊破那晚失去了她的蹤跡，那種焦灼和悔恨簡直讓他留下了心病。

「放開她。」伊淳峻說，低沈漠然的語調沒有任何起伏，卻充斥著顯而易見的蠻橫怒意。

裴鈞武被他的口氣螫了一下，微微一愣，隨即了然地挑釁道：「不放。」

伊淳峻跨前一步，裴鈞武和小源都看清了他的表情。

小源的心微微一震，他怎麼生了這麼大的氣？難道是因為她說的那句要嫁給裴鈞武的話，讓他打翻了醋罈子？

伊淳峻冷冷看著他們，小源竟然沒有掙開裴鈞武的懷抱？他一直以為她在花海說的是氣話，可現在看……難道她說的心上人不是他而是裴鈞武嗎？身體裡內力引發的寒氣越來越強烈，裴鈞武也緩緩站起身，似笑非笑地挑起嘴角，他現在心情很糟，伊淳峻如果想打上一架，他真求之不得。

「別。」小源拉住裴鈞武的手臂。

裴鈞武低頭看了看她，她淺淺一笑，月光溫和的照在她的臉上，她的笑容讓他的心一麻，表情也柔和下來。

她看著裴鈞武。「我有話和他說，鈞武，等我。」

裴鈞武雖然緊緊的皺起了眉，終於還是點了點頭。

鈞武?!真夠親密的！伊淳峻哼了一聲，轉身先行。

小源瞥著他氣惱的背影，差點忍不住笑出聲來。

裴鈞武看著她看伊淳峻的眼神，拳頭慢慢地握起，她的心……始終還是飛去了伊淳峻那裡。

她受了傷根本走不快，追著伊淳峻腳步有些辛苦，胸口也悶悶的，呼吸有些困難，心情卻很雀躍。

他在一棵偏僻的樹下停住，背對著她不肯轉過頭來。「妳和他……進展倒是迅速。」他譏誚地冷笑，想起她柔柔的叫「鈞武」就氣得要命。

「嗯，」她裝作憂愁地垂下眼，無奈而柔弱。「我打算嫁給裴鈞武了。」

樹身劇烈的一搖，發出「嘩啦」一聲巨響，伊淳峻捶在樹上的一拳引發了一陣樹葉雨。

他平穩了一下自己的呼吸，然後冷冷地笑了笑。

「蕭菊源答應？」

小源還是垂著眼。「我自有不讓裴鈞武娶蕭菊源的法子。」

伊淳峻嗤笑了一聲，其實他早在她要見高天競的時候就猜知她才是蕭氏後人，她的確沒說謊，她還真有個非常有效的辦法阻止裴鈞武和蕭菊源的婚約。他冷笑得很大聲，心裡卻堵得厲害，因為沒有個一下子讓她閉嘴的理由。

「妳要嫁給裴鈞武，是為了報復蕭菊源嗎？」他從牙縫裡說，她識相最好說是！

她沒答話，眼淚卻一下子流了下來，又不哭出聲，垂著眼默默哭泣的樣子讓他的心都軟了。

「不是……有很多原因。」

「什麼很多原因？妳失蹤的這幾天發生了什麼事嗎？」他輕輕吸了口氣。

小源忍不住暗暗撇了下嘴，裝得倒還真像。他哪會不知道發生了什麼事？巴不得她說出「失身」的事，他立刻會救星一樣施恩說他不介意，他願意照顧吧？想得美！

她故意閉了下眼，眼淚更密集地掉落下來。

伊淳峻的手撫上來了，輕輕的，極盡溫柔地拭著她的淚。

他修長的手指畫過她的睫毛，有些癢。

小源柔柔地抬起眼，真佩服自己怎麼能一下子就駕輕就熟的掌握這種表情，也許是逗他生氣太有趣了吧，激發了她的潛能。

她加了點心痛，深深地看著一臉深沈莫測的他。「別問我發生了什麼。」淚水成排刷下。「我永遠也不想再記起……」她頓住，咬了咬嘴唇，眼睛看向一處暗影。

果然，他的呼吸又加快了，有趣，有趣。

「小源……」他抬起她的下巴，逼迫她看著他。

小源有些怔忡，看他俯下頭，漂亮的寒眸微瞇，他的唇快要貼上她的。

他輕柔的、蠻橫地說：「告訴我，無論發生什麼事，都告訴我。」

小源聽了，差點被氣笑了，這人也太無恥了！

「不……」她很怕自己會瞪他，破壞了整晚苦心營造的悲劇氣氛，趕緊佯裝「痛苦不堪」的看著他，他又被她的眼神看得渾身酥麻了吧？怕他還不夠動心，她雙手捧住他的雙頰，眼淚漣漣，她記得娘用出這招時爹就徹底敗了。「伊淳峻……你好美，我……我配不上你了。」

伊淳峻的眉目間襲上一陣惱恨，剛想再說什麼，她果斷地踮起腳，他……好高，她不得不整個人吊在他的脖子上才能吻到他。

他渾身劇烈一顫，她得意地閃了閃眼睛，對，這都是跟他學的，她的小舌梭巡著滑入他的唇齒，他嗚咽一聲，一把摟緊她的腰，像要把她攔腰截斷似的，他的喉結也開始上下震動了。迷亂中，她動情地去舔他的上牙膛，以前他舔她的時候引發什麼樣的效果她知道……伊淳峻啊，他教她的的確很多。

他身體的熱度彷彿要烤乾她，經過了那晚，她當然知道他怎麼了。就在他的舌頭開始反攻的時候，她用力地推開他，他一愣，她被反震得倒退了兩步。

她深深呼吸，差點又被他迷惑了，糟糕，她再也哭不出來了，只好更加沈痛的看著他。

「這就算我和你訣別，過去的事就忘了吧！我和你不可能了……」她轉身要跑，卻被他無聲無息地掠上一步緊緊摟住。

「沒有不可能！我和妳沒完！」他又要橫了。

「不……」她抽泣了一下。「我這輩子再也沒資格喜歡一個人了，與其這樣還不如嫁給裴鈞武，報復蕭菊源這最狠最有效。」

他不肯放手，心卻倏然一鬆，只是想報復蕭菊源就好。「報復她有的是辦法！只要妳想，把她撕成一條條肉絲我都替妳辦到。」

她微微一怔，半晌說：「放開我。」

她平靜的語調讓伊淳峻一愣，終於緩緩鬆開了手臂。

她還是背對著他，雙肩微微顫動。「裴鈞武他……太可憐了，我不能置他於不顧。」

突然她轉過身來，她的眼神恍若將他的心都撕碎了，她把不知何時握在手心的金哨怨恨地扔在他胸膛上。

「為什麼……為什麼……我需要你幫助的時候，我吹響它的時候，來的不是你？」她哭了，決絕地轉身而去。「太晚了，伊淳峻！」

她越跑越開心，淚水早就在夏天涼爽的夜風中乾了，他沒追來，估計在那兒又氣又恨又無奈吧。原來所謂強勢就是多知道一個秘密而已。

一聲巨響，她嚇了一大跳，回頭看時，遠遠的那棵樹頹然倒下去，驚飛了周圍棲息的鳥，發出驚天動地的叫聲。

十年來，她第一次想仰天痛快大笑。

第三十八章　真氣續命

小源走回靈堂時，裴鈞武正在沈靜地點燃蠟燭，他不知道在想什麼太過入神，停下轉動手裡的蠟燭，險些要燒到手。

「鈞武。」小源提醒地叫了他一聲。

裴鈞武這才驚覺，放下蠟燭回過頭來看她。

靈堂裡沈重的氣氛，讓她剛才還飛揚的心情頓時又跌回陰霾，原本還想大笑幾聲，現在那些快樂全都堵在心裡，又全變成對裴鈞武的抱歉。

她不該在這個時候還這麼高興，她和伊淳峻算是撥開了雲霧，裴鈞武卻要跌入深淵了。伊淳峻回來了，她就有了勇氣揭開蕭菊源的真面目，受傷的……似乎只有裴鈞武。

小源緩行幾步走到他身邊，拿起他剛才拿的蠟燭繼續點，每一想到裴鈞武，她便有些不忍心。

「小源。」裴鈞武看著她。

小源沒勇氣迎視他的目光，聽見他的語氣那麼沈穩，小源就知道，他也下了決心面對心裡所有的疑惑。

「妳有話對我說，是嗎？如果是關於菊源……」

「關於我什麼？」蕭菊源正好走到靈堂門口，冷聲發問，與往昔故作甜美嬌柔大相逕庭。

裴鈞武和小源都回頭看她，她也不害怕，慢慢地走進靈堂，因為腿傷剛好，行動還相當遲緩。

蕭菊源抬頭看靈堂上供的裴福充和桂大通的靈位，沒有跪下去，只面無表情地看著，不知心裡可有愧疚。

伊淳峻這時候也回到了靈堂，臉色不怎麼好。看見蕭菊源也有些意外，沒想到她還敢來這裡，與這幾個人直面相對，大概還是太看重自己在裴鈞武心裡的地位。

蕭菊源冷漠地轉過眼光看著小源，語氣裡充滿鄙夷和不屑。「李源兒，如今妳大難不死，白璧無瑕，武哥和伊淳峻心裡都有妳，」她冷笑出聲。「當然怎麼說都可以。妳就說是我害了妳，武哥也會信的。」她直直地盯著裴鈞武看。

裴鈞武垂著眼，沒有看她，似乎還是有一絲歉疚。

小源聽了，沒有立刻說話，過了一會兒才淡淡地說：「事到如今，妳何必還繼續演戲呢，黃小荷？」

蕭菊源的臉瞬間失去血色，因為太過驚駭，腿一軟，靠扶住擺設香燭的桌子才不至於倒下去。桌子搖晃得太厲害，一支燃著素燭的燭檯掉落下來，發出極為刺耳的聲音。

裴鈞武皺眉，彷彿還沒想通小源話裡的意思。

蕭菊源的下巴抖得厲害，瞪著小源卻說不出一句話。

小源冷冷地笑了。「就像妳當初懷疑的那樣，我才是蕭菊源。南宮展騙了妳，他帶回來的首級是個無辜少女。」

黃小荷驚恐地看著她，原本還想倒打一耙，說李源兒冤枉她，藉由「失身」的弱勢博取裴鈞武的同情，逼小源跟伊淳峻或者隨便什麼人離開這裡。沒想到李源兒只用了一句話，就把她打得落花流水，滿盤皆輸。

裴鈞武聽著，什麼都沒說，身子顫抖得越來越厲害。

小源看了他一眼，心有不忍，做盡惡行的人，早已泯滅了良心，哪兒還會受什麼傷？黃小荷心裡只有計劃沒有成功的懊喪而已。反倒是裴鈞武忍受著揭開秘密的椎心之痛，她說出這些不像是在痛斥黃小荷，倒像是責難裴鈞武。她習慣地看了伊淳峻一眼，得到他贊同的目光，顯然要她繼續說下去。

「當年妳打開密道，讓高天競繞過陣法，害死了我爹娘，因為要跟著裴桂二位叔叔走，根本沒機會立刻殺我。十年後我回中原，沒辦法與妳抗衡，只能隱忍不說。沒想到養虎為患，讓妳有機會又害了裴桂二位叔叔！」

小源說著也憤恨起來，哽咽著說不下去，伊淳峻譏諷地接續道：「至於什麼失身南宮展……根本是笑話。這次裴家莊被攻破得很詭異，我細查之下發現，」伊淳峻瞥著黃小荷冷笑。「妳和南宮早就勾搭上了！小源說妳還叫南宮幫妳剷除蕭氏後人，你們是處心積慮狼狽為奸，妄想騙得寶藏和竹海的武學典籍吧？」

黃小荷漸漸穩住心神，知道眼下逃命最要緊，她出其不意地發力狂掠，瘋狂向霜傑館外逃去。

裴鈞武整個人已經呆掉，站在那兒對發生了什麼都一無所感似的，伊淳峻悠哉悠哉一副袖手旁觀的樣子。

小源十分焦急，想去追黃小荷吧，以她現在的身手和病情，根本不可能追上。她看著伊淳峻，真沒想到他會在這個時候無動於衷！伊淳峻被她盯得有些生氣，她只會責怪冤枉他是嗎？

裴鈞武突然動了動，小源剛想要他去追黃小荷，他卻整個人一軟，昏了過去。

小源嚇壞了，沒想到裴鈞武竟然暈了，趕緊要人幫著抬回了他的臥房。

伊淳峻把了下脈，放心地說：「沒事，不過是氣急攻心，再加上這幾天不吃不睡的，頂不住虛脫了。」

小源點了點頭，裴鈞武內功再好，也受不住這麼拖磨。

「妳出來！」伊淳峻冷下臉，拉著她的胳膊把她拖到外面僻靜處，挑著眉毛質問道：「剛才幹麼那麼看我？」

小源嘴角一撇，他竟然還能理直氣壯地質問她？「你為什麼不去追黃小荷?!我真沒想到——」

「沒想到我袖手旁觀是嗎？」伊淳峻冷冷開口，見她這麼想他就生氣！「我就是那種連妳的仇人也可以事不關己地聽之任之的人是嗎？」

他這麼一說，小源倒沒話了，氣呼呼地低著頭不看他。

「如今黃小荷不只是妳的仇人了，也是裴鈞武的殺父仇人，我現在追出去，萬一她抵抗，我失手再把她打死了，妳覺得我是替妳報仇了，說不定裴鈞武怪我狗拿耗子，害他不能手刃仇人呢！」

小源哼了一聲，小聲嘀咕道：「強詞奪理！你想抓她回來也不是難事。」

伊淳峻冷笑。「我抓她回來幹麼？裴鈞武碰見這麼個翻天覆地的事，心正亂呢，我把她抓回來，妳叫裴鈞武怎麼辦？黃小荷再不濟也算他師妹，感情擺在那兒，妳叫裴鈞武現在就有個決斷，不是為難他嗎？等事情緩一緩，他理出個頭緒來，是殺是放他也想好。我如果越俎代庖，將來說不定落得被他埋怨。」

小源原本還有點兒撒嬌的意思，以他的為人，外面早就布好天羅地網，黃小荷不見得跑得掉。可聽他說了這番話，心裡卻真的動了氣，她的表情一變化，伊淳峻立刻就察覺了。皺眉問：「妳又在胡想些什麼？」

小源抿著嘴冷笑。「像你這樣的人，自然是心有七竅，處處思慮周全。你怕裴鈞武埋怨你越俎代庖，卻不怕我怪你置身事外。也對，我現在沒有能力手刃仇人，總還希望別人幫我出手，是我錯了。」他什麼都考慮到了，就是沒考慮到她的心情！口口聲聲說喜歡她，說幫她把黃小荷撕成碎片都不在話下，可在他那一套處世手法面前，什麼都要擺在後頭！周全。」

伊淳峻愣了下，垂下了眼，口氣弱了許多。「我……猛然得知妳才是蕭家後人，沒顧慮

小源神色一凜，他還不如不解釋！如果她沒有看穿他，這句話還能騙騙她，可以他「滅凌宮主」的身分，安排過她和高天競的見面，估計早就猜到她的身分。他只顧及到裴鈞武，卻從沒為她考慮吧？這麼一想，自從見面他就開始騙她，直到現在……都這樣了，他還瞞著她！那過去他說的甜言蜜語又有幾分可信?!

她轉身就走，伊淳峻有些懊惱地拉住她。「好了，小源，是我不好，我只是想讓黃小荷引我的人去找到南宮父子的藏身之處，省些尋找的力氣。黃小荷跑不掉，遲早會讓她受到應有的懲罰。」

小源冷著臉甩開他的手，又是一個藉口吧？他說得對，黃小荷現在是甕中之鱉，可他的不出手已經讓她寒了心。

「小源。」他從後面摟住她，低低柔柔的叫她。

小源這回沒有掙扎，冷靜地說：「鬆手。你忘了剛才我在山上怎麼和你說的嗎？」

「小源！」伊淳峻的口氣也硬了起來，顯然也生氣了。

「你什麼都想到了，有沒有想過，既然我承認了自己是蕭家後人，那我就成了裴鈞武名正言順的未婚妻？」小源扯開他的胳膊，這句話對他果然有殺傷力，她一扯，他的胳膊就垂

下去。

她和裴鈞武的婚約是伊淳峻心裡的死穴，一碰就讓他氣得發瘋，他有些失控地反擊道：「妳說妳配不上我，那以妳現在的情況，就能配得上裴鈞武了嗎？」

小源霍地轉身看他。「我現在的情況？我現在什麼情況？」

伊淳峻被她問得一愣，知道自己剛才的確說得太過了。

小源眯了眯眼，冷冷看著他，哽咽著點頭。「對！我是被滅凌宮主玷污了，那又怎麼樣？你早就知道了吧？你不是無所不知的嗎？連你這樣的人都對我說不在乎，放心，裴鈞武也不會在乎的！」之前都是有些戲弄伊淳峻，撒嬌玩笑，這次她是真的傷心了。

她轉身就跑，忘記了自己內傷沈重，沒跑幾步就胸口劇痛，哇地吐了一大口血，眼前漆黑。

「小源！」伊淳峻臉色鐵青，飛快地接住她癱倒的身體。「忍一忍。」

小源連哭都哭不出來，只覺得胸口發悶，大口大口嘔出血來。嘔得太快，嗆得連鼻子都往外湧血。她嚇壞了，會死嗎？雖然剛才那麼生氣，可她不想死，她還有很多沒有做完、而且必須要做的事！

「別哭，不怕……」伊淳峻焦急地安慰著，完全沒了剛才吵架的威風。

她哭了？小源赫然發現自己在他懷裡嚶嚶哭泣，就是被他給氣的。她變得這麼愛哭，這麼脆弱。

伊淳峻把她背對著自己放下，小源覺得一股淩厲的內息從後心口滾滾湧入，有效的止住了她的心疼，可那內力並沒停歇。

不行！她動了動，這麼快速大量的輸真氣給她，他也會受傷的！

「可以了，我好了，伊淳峻！」她幾乎要尖叫起來了。

他不理，真氣湧入得又快又多。

「快停下！」她驚慌起來，奮力向前撲倒才迫使他收了真氣。

她顧不上狼狽，爬起來趕緊回身審視他，還好，除了臉色蒼白些，他一切正常。

「你幹什麼！」她心疼地捶打著他的胸膛，淚水又流下來。「會受傷的！」雖然他挺可恨，但她也捨不得他這樣糟蹋自己。

他沈著臉抓住了她的手，握著不放開。「能打人了……就不疼了吧？」

小源不知道該繼續生氣，還是說心疼他的話，只能乾脆低頭哭泣。

看她這樣，剛才那股原本就沒殘餘多少的火氣也徹底沒了，伊淳峻用衣袖輕撫著她唇邊下巴的血跡。「不疼了就好。」他輕柔的語調讓她的眼淚落得更快了。

一滴、兩滴……熱熱的液體落在她的額頭上，她好奇的一摸——是血！她驚慌失措的抬頭，血是從他的鼻子裡流出來的。她嚇壞了，趕緊用手去捂，他還是受傷了。

「不妨。」他拉開她的手，仰起頭。「我調息一下就好了。」

她哽咽著點了點頭。

看著他打坐時微微皺起的眉，他衣服上的血……她一陣心疼。

他緩緩睜開眼，又愛又恨地瞪了她一眼。「又哭什麼？我又不是妳的未婚夫，不用這麼在意的。」他又拿話刺她了。

她何嘗不是又愛又恨?!只能撲過去緊緊摟住他的脖子。「不許再這樣！」

他一聲不吭的被她摟著。「小源，妳要相信我，不管我做什麼，絕對不會負了妳。」他語氣難得的誠懇。

小源伏在他胸口，雖然他騙她，他深沈難測，秘密很多，但她……還是願意信他！

「不要怕，等裴桂二位大叔的頭七過了，我就帶妳去笠師伯那兒，什麼黃小荷南宮展，讓他們多蹦躂幾天又能怎麼樣？我已經派人去找我師父，妳這病只要合他與笠師伯之力，絕對能夠治好。妳別再胡思亂想，尤其別和裴鈞武亂許諾言！」說著說著他又有幾分氣。

小源在心裡暗暗嘆了口氣，剛才她的確是氣急胡說，現在這種情況，除了他，她還能把終身託付給誰呢？心都給了他了，身……也給了他了。

承認這點，自己也挺洩氣的，和他角力又輸得一敗塗地的感覺。可是以後……再也不故意氣他了吧。

第三十九章　命運安排

黃小荷一路飛掠，跑到熱鬧的集市，隱藏到人群最密集的地方才敢回頭看，誰也沒追來。

稍微鬆了一口氣，心裡卻越發酸疼起來。

無論是當初的黃小荷，還是後來的蕭菊源，在李源兒面前都失盡所有。

伊淳峻沒追來，應該是不想蹚這趟渾水，又或者有什麼不可告人的秘密，前前後後發生的這些事裡，最讓她害怕的反倒不是裴鈞武，而是伊淳峻。

她太瞭解裴鈞武，就算得知她並不是蕭菊源，害得裴家莊灰飛煙滅，甚至是李源兒不共戴天的仇人，心裡總還會殘存一點不忍，以成大事論，他永遠會輸伊淳峻一點，就是他沒有那麼狠的心。

裴鈞武現在在幹什麼呢？痛心於她做下的那些事，還是暗喜李源兒才是真正的蕭菊源呢？

黃小荷剛在眼中泛起一些淚光，想到這些立刻都化為沈冷。

誰都有路可退，唯獨她沒有，她一直是一無所有的那個人，無論她曾經離目標有多接近。

不是她的錯，她已經足夠用心，也足夠狠心了，全都因為南宮展！

當初她不得不付出清白的代價換取他的幫助，那是她最珍貴的，想要奉獻給裴鈞武的。南宮展肯定不知道她有多恨他，每個他偷偷潛來求歡的夜晚，她都恨不得一刀捅死他。可她不能，她默默地忍耐，因為他知道她的秘密，因為他幫她殺了「蕭菊源」。

沒想到這根本就是他的騙局！也對，像他那樣卑賤虛偽的男人，根本不該相信。就因為他的敷衍，她輕忽了李源兒的身分，那麼多人說李源兒像當年的李菊心，她都大意了，沒有親自去查實，又交給了南宮展這個可恥的騙子。

他怎麼說來著？連李源兒鄉下的親人和鄰居都找到了！

因為不想為這個鄉下丫頭與伊淳峻翻臉，所以她再一次失去了機會，落得如今的下場。

黃小荷知道，周圍一定遍布了伊淳峻和裴鈞武的眼線，她謹慎地甩脫一切可疑人物，買了些食物，回到花海的地下室。她就賭李源兒不會說出自己被凌辱的事，不可能立刻回這裡察看，所以才讓南宮父子藏身在這裡，最危險的地方往往最安全。

地下室點了幾盞燈，還是很明亮的，南宮父子盤膝對坐不知道在商量著什麼，聽見她來，都住了口。黃小荷在心裡冷笑了幾聲，他們不相信她，她更不相信他們，一旦沒有利用價值了，這父子二人會毫不猶豫地拋棄任何人。同是後蜀遺族，南宮家也沒少受蕭家扶植，這次搗毀裴家莊的行動，南宮家是最賣力的，當真是不忠不義，無恥無情。

南宮展微笑著站起身，接過黃小荷手中的食物，他的笑容令她作嘔。

「外面的情況還好嗎？裴鈞武相信妳了嗎？」

黃小荷點了點頭。「一切很順利，我想再過兩天李源兒就會央求伊淳峻和她離開成都，那樣我們應該就安全了。」

南宮飛也走過來，皺眉道：「妳查到杭易夙為什麼會臨時倒戈向伊淳峻嗎？杭家近些年不怎麼參與江湖事，但我打聽到他們似乎和朝廷有所勾結，難道伊淳峻是朝廷的人？」

黃小荷搖頭。「不像，當初他對汪廣海的屍身下手極狠，這事要是傳到京中，他若是朝廷爪牙肯定難以交差。」

「好好的計劃，全被伊淳峻和杭易夙攪了！」南宮飛恨聲說。「不然這會兒，我們已經生擒裴鈞武等人，拷問出寶藏下落了。如今我們一敗塗地，往後怎麼翻身？」

南宮展和黃小荷都沒應聲，誰也不知道以後該怎麼辦，甚至連想也不願意想，除了繼續勾心鬥角、陰謀殺戮，還能有什麼？

三人沈默了一會兒。

南宮展笑了笑。「還是先吃了飯吧，我有些餓了。」

黃小荷從角落裡拿過簡單的食器，很賢淑地遞筷子給南宮飛和南宮展，三人匆匆吃畢，黃小荷又收拾了殘羹剩菜，準備一會兒帶走丟棄。

南宮父子閒聊幾句，南宮飛嗯了一聲，似乎感覺有些不妥，黃小荷依舊背對著他們在收拾。

「展兒，我……我提不起內息。」南宮飛輕聲說，似乎怕黃小荷聽見，南宮展白了臉，試了試，身子軟綿綿，丹田空空，毫無回應。

黃小荷終於收拾完，轉過身來邊擦手邊看著父子倆笑。「你們剛才用銀針刺探食物有毒沒毒的時候，怎麼不想著也試試筷子？」別以為她沒看見，南宮展接過食物的時候，偷偷挨個兒試了毒。

「妳這賤人！妳想幹麼？」南宮飛破口大罵。

黃小荷一掌俐落地劈斷了他的頸骨，南宮飛沒罵出口的話變成難聽的嗚咽，很快中斷了。

南宮展嚇得臉色發青，掙扎著向牆角挪，口不擇言道：「菊源，我們好歹夫妻一場……」

黃小荷聽了突然哈哈大笑。「夫妻一場？你什麼時候把我當妻子？在裴家莊的時候你就想去勾搭李源兒，先是懷疑她是蕭家後人，想算計她的寶藏，後來證實她不是了，你又貪戀她的美色，這都是當著我的面，你把我當妻子了？裴家莊毀了，你為了讓我能回竹海偷秘笈，把我腿傷得這麼嚴重，你把我當妻子了？剛才你懷疑我在食物下毒，你當我是妻子了？」

南宮展退到牆角，哆嗦著說：「以後我會對妳好的！一定對妳好！」

黃小荷覺得很有趣。「我殺了你爹，你還對我好？」

南宮展吶吶地說不上話。

黃小荷又妖嬈地笑了。「對你來說，沒有以後了。」

南宮展只覺得脖子劇痛，甚至聽見骨頭斷裂的喀嚓響聲，他瞪著眼，一副怨毒的模樣。

黃小荷看了他的屍體一會兒，吐了一口唾沫在他臉上，沒用的人，擺脫掉真是感到無比輕鬆。從今天開始，再也沒人能威脅她了。

她冷笑，就憑南宮父子還想要竹海的秘笈？

黃小荷得意地挑起嘴角，她早就求竺連城教給她了，因為她是「蕭菊源」，竺連城對她真的有求必應，何須去偷呢？

她拾階而上，出了石室的門，胡亂關上門，她不怕別人發現南宮父子的屍體，她已經什麼都不怕了。

她已經在地獄裡了，就看最後能拖下去幾個！

裴鈞武真的病了，躺了三天才勉強起身，小源不顧伊淳峻的白眼，盡心盡力照顧他，裴鈞武卻沒有再開口說一句話。

小源也沒有逼迫他開口，他現在需要的並不是傾訴，而是溫暖的關切和照顧，讓他感到不是孤單一人。

伊淳峻雖然不高興，小源知道，他也是體諒裴鈞武心情的，所以並沒阻止她照顧裴鈞武，只是自顧自地不知道又去忙些什麼。

小源對他過去做的事漸漸想出了些門道，他洩漏高天競的消息，一步步精心策劃引江湖人士前往參與武林大會，至於為什麼他會和滅凌宮主同時出現，必定是他找了和自己身材差不多的手下假扮自己，還故意輸給了「滅凌宮主」使其聲名大噪，成為裴鈞武之外的另一個武林傳奇。

這麼一想所有的疑問就全迎刃而解了，為什麼滅凌宮主能一招戰勝伊淳峻卻不敢與裴鈞武動手，為什麼滅凌宮主能在大家眼皮子底下出入她的房間……可他這麼做的目的是什麼呢？杭易夙為什麼聽命於他？他一回來，杭易夙就走了，不知道去做什麼，她還不能問，好奇得要命。

伊淳峻這兩天也很忙，裴鈞武病成這樣，裴桂二人的頭七只能靠他張羅了，有他出面，自然似模似樣。

喧闐悠綿的誦經聲、安撫靈魂的佛曲聲交織成連接天界和人世的嘈雜界限。下人們都穿著麻衣來來去去，時不時哭泣拭淚。或胖或瘦、身披燙金袈裟的高僧們，圍繞著棺木喃喃地低誦著只有他們才懂的經文。

小源陪著裴鈞武跪在靈堂的一角，他還是不言不語。小源有些擔心的看著他，他僵著身體，沈著眼神，如同石像般一動不動。

不少比較中立的武林人士前來祭奠，裴鈞武毫不理會，倒是站在門邊的伊淳峻穿著素服替他盡主人之禮。

小源還是明白裴鈞武的，現在就算全江湖的人都來撲在靈前痛哭流涕，有什麼用？只消一個瞬眼，他們可能又紛紛亮出兵刃喊打喊殺。

他的心早已冷了吧……小源暗暗嘆了口氣，如今的裴鈞武早已不是當初花溪邊含笑溫文的他了。

和尚們搖著鈴，把鎮魂的黃幡放在棺木上，裴鈞武終於有了反應，他的下巴微微抽動起來，但是他的眼睛還是深冥一片。

小源忍不住握住他的手，好冷，也在微微顫抖。這輕微的抖動卻震動了她的心，當初她總是遺憾自己沒能送父母最後一程，現在看來或許也是上天另一種憐憫，看著自己的親人就此離去，心中的悲痛實在很難承受。

他落得這般淒慘，她也難辭其咎，她對「蕭菊源」的隱忍，害裴鈞武從人人羨慕的命運寵兒變成如今的一無所有……

裴鈞武看了看小源的手，眼神複雜，反過來握住她溫熱柔軟的小手，這種溫暖和支援正是他現在極度需要的。

小源的手極輕的顫了顫，裴鈞武現在對她的依賴恐怕會變成對他的傷害，她已經有了伊淳峻，不可能繼續照顧他……可是現在讓她表明態度，她又實在做不到。

伊淳峻冷冷看過來，咬了咬牙，臉色冷漠地繼續向來祭奠的人回禮。小源知道，他已經盡了最大的努力去忍耐現在這種情形。有時候他是很心狠，這時候又覺得，他的心也不是那麼硬。

門外匆匆來了一位客人，光禿禿的頭頂蒙著一層油汗，小源認出他，圓淨大師。她輕輕冷哼，沒事了他忙三火四地跑來，一副為江湖主持正義的樣子，真的有事，連影子都看不見他的！

「裴少俠！」圓淨的神色裡也有一絲尷尬，畢竟裴家莊被江湖各門派圍攻時，他遠遠的躲開了。

裴鈞武木然看了他一眼，沒有反應。

圓淨顯然有什麼重大的事情要說，敷衍潦草地向棺木稽了下首，甚至都沒抬眼看一下靈位。

「貧僧此來有重大消息要告訴裴公子。」圓淨有些急不可待，連安慰寒暄的話都省去了，顯得突兀失禮。「滅凌宮主的小妾前日被人抓住，爆出驚天秘密。蕭氏藏寶的口訣洩漏出來了。」

滅凌宮主的小妾？小源皺眉，死忍著沒去瞪伊淳峻。

這就是他這兩天神神秘秘進行的計劃吧？他故意放出風，讓那些覬覦寶藏的人主動聚集起來，去他想讓他們去的地方，然後痛快復仇。真夠壞的！她抿了下嘴唇，竟然有些自豪。真是個簡單又聰明的辦法，好吧，她暫且原諒他那個什麼小妾的設計。

裴鈞武漠然地看著他，都不知道他聽沒聽進去。

「裴公子，這歌訣是真的嗎？」圓淨有些沈不住氣地問。

小源冷笑著瞟了他一眼，原來他是來探虛實的。

「蕭王墓邊白雲塚，寒水蒼山月如弓。狼星曉唱東方白……只有這三句，最後一句那小妾也不知道。」圓淨有些失望大咂了下嘴。

小源驚得呆了，心裡空白一片。這歌訣……除了最後一句缺失，其他都是對的。如果這真是他放出的風，他是怎麼知道的?!而且就算他知道了，他怎麼能把她家族的秘密就這樣洩漏出去？

伊淳峻──他到底還有多少秘密？到底是怎麼想的？

他總是這樣，在她覺得有些瞭解他的時候，就會讓她驚駭一下；在她有些相信他的時候，讓她心寒一下。她想不明白他到底是怎麼知道這個歌訣的，娘明明說這是蕭家人才知道的秘密，就連裴桂兩家都不可能知道。

裴鈞武終於冷冷一笑。「大師，白來一趟了。」

他話裡明顯的譏諷，讓她有些意外，看來他已經不屑於向任何人掩藏自己的情緒了。

「我根本不在乎什麼歌訣、什麼寶藏。這些都和我沒有關係，想去拿就去拿吧！」他說著站起身，圓淨嚇得後退了一步，看瘋子一樣看他。「憑你們自己的造化吧，我管不著。滾吧，再別因為這些事來找我！」

圓淨大師被他揭了心病，好人也沒當成，消息也沒探出來，臉色一僵，拂袖而去。

裴鈞武冷笑出聲，少林高僧?!化外之人都如此，也難怪紅塵中碌碌凡俗了。化裡化外，江湖，身側……所有人都對他這麼絕情。

搶吧，找吧，這惱人累世的寶藏消失了才好！那些為了搶寶藏而自相殘殺的人都死絕了他才高興！任重道遠的前朝遺臣他也當得很夠了，濟世救民的大俠他再也沒那個心情去扮演。

爹爹從小告訴他的一切都被顛覆了，什麼都好像是假的。曾經他認為得到很負累的東西，一夕之間全變了，根本就不屬於他了。

小源害怕地看著他瘋狂的笑，不！她不要他走上歧路。他向外衝，瞬間小源似乎看見他的未來，茫然地行走在武林之中，冷漠地尋找一個個仇人，掀起滔天的血雨腥風。她驚懼地拖住他，他力氣很大，她只能從後面死死抱住他的腰。

不能讓他這樣活下去，裴大叔一定不願意兒子變成冷漠的魔鬼。

「鈞武！」她叫他。「鈞武！」

他完全聽不見，只想掙脫她的拖拉。這個給他溫暖的美麗少女，遲早也會離去，她給他的撫慰不過是對他虛無人生的殘酷嘲諷。他什麼都沒有了，人生中的美好……全都沒有了。

他又笑起來，笑得癲狂絕望。

人人都說他是個幸運的人，是命運的寵兒。哪兒幸運？命運給他一杯苦澀的毒酒！

他仰天大笑，誰規定他一定要當個君子，當個好人？他當了二十年，結果呢？現在他僅有的，不過是一身血債，一一討還後，哈，他就徹底解脫了！

他衝向靈堂外，所有人都被他突然的反應嚇得張著嘴，都停下呆呆地看。伊淳峻都沒有來阻止，只是皺眉不知道在想什麼。

「鈞武！」小源已經抱不住他，他甩脫她，向前掠了一步，她便失去重心摔倒在地，但她不死心，堪堪拉住了他的小腿。

當著全靈堂的人，這種姿態是狼狽、是難堪，可如果她不拉住他，他會如何？他會變成一個怎樣的人?!

「鬆開！」他冷笑，一踢腳，下意識發出的內勁震得她嗓子一陣腥甜，心也劇痛了。不，無論如何她不能鬆開他！

她的淚雙雙跌落，誰能幫幫她，誰又能幫幫裴鈞武呢？

「鈞武！鈞武！」她緊緊勾住他的腿。「別走！」

她想說些可以挽留的話，發現竟然找不到一句可說的。她的心也像撕裂般的痛了，曾經那人人稱羨的裴公子，怎麼會落得如此淒涼？她知道，只剩一個辦法了。其實她一直很自私，想著成全自己的心意，她有沒有真正為裴鈞武想過呢？

「鈞武，別走……你還有我！」她沈聲哭道。

她明白，這句話說完……她和伊淳峻也徹底完了。

「妳?!」裴鈞武笑起來。「我還有妳嗎?妳……」

小源閉了下眼，終於橫下心。「鈞武，我和你是命運安排好的。我在這裡，你的家在這裡，你要去哪兒?」

「妳……家?」裴鈞武雖然還是冷笑，卻沒再向外衝了。

伊淳峻沈著臉，冷漠地看著這一切，雙拳不自覺地緊握。

她說，她和裴鈞武是命運的安排?

似乎……沒有錯，她是蕭菊源，她和裴鈞武有父母之命。那他呢?她的那些吻、那些淚、那些擁抱呢?

「鈞武……」小源緊緊抱住他的腿，眼前開始模模糊糊起來。「別走……我會陪著你，陪著你。」

她說出來了……陪著他，那伊淳峻呢?她已經沒有勇氣去看伊淳峻的表情了。

鮮血從她的心、口、鼻洶湧奔流，四肢百骸都散了，她再也抱不住，軟軟地倒下去。

第四十章 回到原點

小源覺得無奈，明明已經倒下去了，意識卻還沒有徹底消失。

她真巴不得乾脆暈死過去好了，不必再忍受這樣的疼，說不定再清醒過來，什麼問題都解決了。

身體被抱了起來，她努力想睜眼去看，卻使不上勁。手被人拉起來，手心湧入內力，這種綿韌醇和的內力是裴鈞武的。他也和伊淳峻一樣，不怕受內傷的給了她很多，讓她的痛楚立減，她反震了一下內力移開手，不這樣的話，他也許會一直給她內力，直到他的真氣全部消耗殆盡。

小源也有些嘲笑自己，到了這時候，她竟然還產生了逃避的想法，該面對的總歸要面對，這可是命運給她的懲罰。

她與伊淳峻在山上說什麼要分開的時候，心裡卻早已打定主意要以李源兒的身分與他相伴終老。她逃避了蕭家對裴家的虧欠、對裴鈞武的虧欠，她自欺欺人地想，等霜傑館的一切結束後，所有的煩惱也都結束了。

深吸一口氣，她睜開眼，原本以為會碰見裴鈞武凝視著她的眼神，卻沒有……他摟著她半坐在地上，他的眼神沒有光彩地飄忽著，什麼都沒有說。

小源看了看廳裡，不知道什麼時候，客人、下人……就連伊淳峻都走掉了。她坐直了身體，煩惱地看著裴鈞武，他並不回應她的目光。

「鈞武……」她眉頭緊鎖，雖然她說了那樣的話，他解開心結還不知道要多長時間。

「妳說的，我不會當真的。」他冷冷地說。「妳不過是為了留住我。」

「不，我是真心的。」小源垂下長長的睫毛，是對他說的，也是對自己說的。

「真心？」裴鈞武都有些想笑了，他還怎麼相信真心？

「蕭菊源」說真心待他，結果早就與南宮展苟且，徹頭徹尾地對他布下一個謊言。小源之前也說真心，還不是喜歡上了伊淳峻？

「妳的真心能讓妳陪我多久？如果最終還是要離開，妳不如現在就走。」他譏嘲地問，譏嘲他自己，也譏嘲命運。

小源抬起眼，看著他，一字一頓地說：「一、生、一、世。」

裴鈞武聽了竟然大笑起來。「真的嗎？」他完全不相信，譏諷地挑眉看她。

「關於蕭家的秘密，你知道一些的吧。」小源沈著臉，只有說這些才能穩住她快要散碎的心。「光有歌訣是沒用的。開動那個寶藏，每年只有一次機會，需要兩樣東西。」

裴鈞武收了笑，神情沈凝地看她，不知道為什麼她突然說起這些。

「我告訴你這些，是因為……你是我的未婚夫，我父母為我挑選了你。」

裴鈞武看著她，手輕輕地顫抖起來，心裡似乎燃起了小小的火焰。是的，他們是父母定好的一對兒。

「既然我們要談婚論嫁，我想，我該把什麼都告訴你，包括我與伊淳峻的事。」她冷冷的述說著，從雨夜到湖邊相遇，月夜下她的那個吻，花海裡無奈又甜蜜的夜晚……她像是在說著別人的事，只是在講述一個不怎麼高尚的故事。甚至，她能眼皮都不撩地說，在那片花海裡，她把身子給了伊淳峻。只有用這樣的語氣，她才能說得下去。

裴鈞武的臉越來越蒼白，眼睛卻漸漸有了神采，她肯坦白，可見她真的下決心留下。

她不敢中斷，一旦停下，不知道還有沒有勇氣再開始繼續說。這個故事好像很長，真的說起來，也只有那麼幾句。

說完了，她也愣住了……她的秘密，竟然徹底說完了？

「鈞武……你，還要我嗎？」她壓抑的各種情緒終於崩潰，她看著他，他也看著她。

「只要你不嫌棄……」她的眼淚終於流了出來，可笑可憐啊，她竟然要對他說這樣的話。

「我就陪著你一輩子。」

他突然起身，狂奔而去。

他跑遠了，可是她並不擔心，因為他終於露出了痛苦的表情。他心裡有她，就跑不掉了。

她沈默的躺到木榻上，全身上下沒有一絲力氣了，即便是躺著也覺得累，疲憊不堪。

伊淳峻走了進來，在她旁邊站了一會兒，才問：「好些了嗎？」

他的聲音低低的、柔柔的，撩動人心，卻把她的心弄得很痛。

她平靜地側過頭來看著他。

「怎麼了？還難受？」他好像什麼都沒有發生過一般，皺眉跨前一步在床邊坐下，拉起她的手，她固執地抽回。他的脊背變得僵硬。「妳到底想怎麼樣？」

「你幹什麼去了？」她看著他，他幽黑的眼睛、漂亮的面孔……讓她覺得妖異又恐怖。

他也探究的看了她一會兒，眉毛一挑。「我以為妳已經不在乎我幹什麼了。」

「是不在乎了。」她冷笑，簡單俐落地說：「我要嫁給裴鈞武了。」

伊淳峻嗤笑了一聲。「還有點新鮮的沒有？我都聽膩煩了，還是那兩個字——休想。」

「其實這和你沒什麼關係，我只是告訴你一聲。」她緊緊攥緊拳頭，對他說出狠話，疼的到底是他還是她？

「是嗎？」他又出現那種暴戾的眼神了。「我不這麼想。」他一甩袖子，被他虛掩上的門砰地砸向兩邊的牆。他跨上床來，蠻橫的騎在她身上。「妳再敢對我說一句這樣的話，我就當著裴家上下要了妳，我看裴鈞武怎麼娶妳！」

小源無動於衷地看著身上的他，甚至還笑了笑。「滅凌宮主，你覺得我還會在乎這個嗎？我已經把我們的事，告訴裴鈞武了。」

她看見了他眼睛瞬間閃過刺眼的凌厲寒光。

「妳知道？」他看著她，緩緩從她身上退開。

「被人揭破秘密的感受如何，宮主？」她冷笑。

「我是誰對妳來說有什麼區別?!我的心給了妳，這就是一切！」伊淳峻狠聲說，像是宣告。

「你是怎麼知道那歌訣的？」她努力呼吸，讓臉色儘量平靜。

「蕭姬告訴我的。」他突然很坦白，很懊惱。

「蕭姬?她為什麼會告訴你？」小源想不通，疑惑地看著他。

「蕭姬近些年很喜歡和我師父在一起，自然與我很熟悉。」

「她告訴了你，你就毫無顧忌地昭告天下嗎？」小源為此真的很傷心，或許現在她就需要他傷了她的心，這樣分別會變得容易一些。

伊淳峻不答。

「能不能告訴我，蕭姬現在在哪裡？」小源知道他不會把心裡的秘密和盤托出，索性也不再追問了，換了個話題。她找了蕭姬很多年，因為能力有限，一直無疾而終。

「她很好，就快來中原了。你不找她，她也要找妳。」伊淳峻的臉色越來越青，聲音也越來越沈。

小源點了點頭，蕭姬是爹爹同父異母的姊姊，算起來還是她姑姑。

「我們的事……」伊淳峻冷酷地笑。「裴鈞武不在乎嗎？」

小源又不說話了，她也沒有把握。

「李源兒，妳別想得太容易，我伊淳峻的女人誰也別想再碰！這話我對妳再說最後一遍，妳是我的，已經是我的了。難懂嗎？」

「不難懂，可我不願意。」她說。「伊淳峻，你總是讓我太害怕，你的那些秘密、你的身分，你的所有都讓我太累。」

他冷哼。「妳累什麼？妳只要陪在我身邊就好。」

「我和鈞武早有婚約……」

「婚約？為你們訂下婚約的人，早都死了！」他站起身，氣惱地拂了下袖子。

小源的表情一冷，他竟然這樣說起她的父母？

伊淳峻暗悔失言，最近他也不知道怎麼了，頻頻在她面前說些不該說的話。他的臉色也緩和些許，又坐回身，不容她反抗地拉住她的手。

「裴鈞武的事交給我，他不是懦弱的人，只要過了這一個坎，慢慢就會恢復了。妳不必把什麼都扛上身，裴家莊的血債我已經在安排了，遲早加倍討回，這也算對裴鈞武的補償，回頭再把裴家莊原樣修復。」

「這些都不是我想要的。」裴鈞武走了進來，顯然都聽見了。

伊淳峻直直看著他，似笑非笑，似怒非怒。「你想要什麼？」他挑了挑嘴角。「除了她，什麼都可以。她是我的女人。」

「你的？」裴鈞武冷冷諷笑。「我們已有婚約，她是我的妻子。」

伊淳峻的眼睛又泛滿殺意的瞇起。

「夠了。」小源煩惱的坐起身背對他們兩個。「現在還不是說這個的時候。」她深深地吸了一口氣。「伊淳峻，一開始我們就約好了，我想要裴鈞武的人，你想要擎天咒。」

伊淳峻渾身一震，一聲不吭地瞪著她的背影。

「繼續你的計劃，事成之後，我給你擎天咒，我們也算……求仁得仁。」

伊淳峻緊緊咬著牙，太陽穴的筋都迸了出來。

他轉身向外走，這是她第一次聽見了他的腳步聲。

「休想！」他扔下一句斷吼，人便不見了。

小源鬆懈下來，人疲倦地倒回榻上……剛才她說，求仁得仁？似乎是的，一切都回到了原點。

裴鈞武沈默了一會兒。「妳的傷不能再拖了，明天就啟程去竹海。」

小源嗯了一聲，也好，總不會在她命懸一線的時候，裴鈞武和伊淳峻還爭奪不休吧！

第四十一章　三人之行

休息了一晚，又有裴鈞武幫她調息，小源覺得好多了。早上起來雖然手腳無力，但也算神清氣爽。

在花廳陪裴鈞武吃完早飯，他為她挾了一筷子菜，看了她一眼，似乎有些欲言又止。

小源探詢地迎上他的視線。

「以後……我該怎麼稱呼妳？」裴鈞武避開了她的眼神，雖然她才是正牌的蕭菊源，可如果她真恢復了這個名字，又總讓他想起另一個人。

「就叫我小源吧，我還是李源兒，這是我爹娘最後的願望。」小源淡淡笑了笑。

裴鈞武點頭，暗自吁了一口氣。

她在木榻上看他吩咐下人們他離開後的事項，心裡覺得很安慰。

不管怎麼樣，他終於恢復了一些，知道打理霜傑館的日常事務了。

伊淳峻沒出現，小源也沒問，她的確暗暗期待過伊淳峻會主動把一切來龍去脈對她說清，他沒來，她也不覺得意外。一想到他似笑非笑的冷漠表情，眼睛裡受了傷的倔強神色，她的心陣陣隱痛。

正想著，伊淳峻從外面緩步走進廳裡。

「二位是要動身了嗎？」他的語氣十足譏誚。「我就不奉陪了，好好計劃一下怎麼報仇，完成以後我也算還清欠債，會親自去找你們討要擎天咒的。」

他要離開？小源垂著眼，也對，他那麼心高氣傲的人……原本，她以為他會大發脾氣，甚至找裴鈞武拚命，是她太傻了才會這麼想，伊淳峻怎麼會做那麼魯莽衝動的事。

他說走就走了，而且把以後的事情說得那麼冷淡，似乎她在他心裡根本沒有多少分量。

他的心？

最難猜的就是他的心，她已經絕望了，那是她絕無可能完全擁有的東西。這樣一想，她倒好受些，以後跟在裴鈞武身邊至少不用活得那麼累。

手背有灼熱的液體滴落，鼻子也酸酸的，她用手無心的一抹——全是血！

裴鈞武也不驚慌，走過去扶著她的頭向後仰，用長衫的下襬溫柔細緻地擦拭她抹花的血痕。

「這回換成是鼻子流血。」她強作笑顏的沒話找話。

「這說明妳肺脈的傷惡化了。」裴鈞武平靜地說：「目前妳的心緒最好不要劇烈起伏。」

她一陣沈默。

一直站在一邊看的伊淳峻突然走過來，推開裴鈞武，攬過她的腰，生生把她從裴鈞武懷裡拉離。

裴鈞武穩住身體，手一抄，拉住了小源的手臂。

「放開，我給她療傷。」伊淳峻冷冷地說，微瞇著眼看著他。

「以後這是我的事。」裴鈞武胳膊一收，把她的上半身更近的拉向自己。

「疼——」小源低喊，這回不是裝的，這兩人的確是高手，這麼一扯，她覺得自己都要碎成兩半了。

伊淳峻和裴鈞武都一僵臉色，又都不願意先放手。

「放開我。」她冷聲說，不願正視自己心底微微的喜悅，伊淳峻還是在乎她的吧？

裴鈞武終於嘆了口氣放開手，伊淳峻順勢把她又抱回懷中。

「嗚——」小源覺得鼻子更酸，連眼睛都脹痛了，血像瀑布一樣從鼻子裡湧出，這種感受齷齪又痛苦。

她聽見伊淳峻驚慌地低喊了一聲，用力地捏她的鼻子。原本就昏沈的腦袋被他這麼一捏，眼前又是黑暗一片，這回是真的暈了。

再清醒，已經在一處陌生的郊外。小源靠在一棵樹上，半躺著，身下墊著伊淳峻的長衫。

她皺著眉艱難的轉動眼珠，傍晚的夕陽讓她的眼睛更難受的瞇起，半天看不清周遭的事物。

「醒了？」裴鈞武正在離她不遠處的水邊用匕首削樹枝，見她睜眼，放下手裡的活兒走過來仔細看她。
「這是哪兒？」她被河面反射的粼光晃得眼睛疼，只好側過臉來躲避著。
「再有七十里就到竹海了，道路偏僻，只能露宿了。」
「我暈了多久？」她摸了摸鼻子，還好，呼吸很順暢。
「一整天。」裴鈞武為她拂開頰邊的髮絲，他溫柔的動作和眼神讓她的心一頓。
「我……我怎麼來的？」她別開眼，有點不好意思。
「我和伊淳峻輪番揹著妳。」看她一怔忡，他的心微微發苦。「我們的腳程比騎馬快些。」他扯了句無關緊要的話。
她猶豫了一下，眉目微微變化。「他呢？」
她說起「他」的語調，恍若一把尖刀刺進裴鈞武心裡。
「去拾柴。」
伊淳峻去拾柴？她一愣，忍不住一笑。
裴鈞武站起身不看她，默默到河邊揀了些小石子。
小源也沈默不語的看著他脫俗的背影，不知道什麼時候開始，她總覺得他的背影那麼悲哀，讓她有些傷心。
裴鈞武抓了一把石子往江中一拋，漂亮的一招「飛雪留香」，水花激蕩過後，幾條魚翻著白浮上水面。

記憶被攪動了，她突然笑起來。

聽見她的笑，裴鈞武也回轉身看，嘴角不自覺的也浮現了笑意。

她一笑心就會有些疼，只好用手撫住心口。「原來……原來這招真的是用來打魚的。」

與她初見時的每一瞬似乎又都在他腦子裡閃過，裴鈞武的心也不知是什麼滋味了，似苦又甜。

「嗯，」他不想再回憶了，垂下了眼。「功力高低只決定打中多少魚而已。」

小源笑得更厲害了，都有些喘。

他責備地看了她一眼。「別笑，傷會重。」

她點了點頭，還是一臉的笑。

小源緩慢的眨了下眼，裴鈞武在收拾魚，修長好看的手指握著刀，劃開魚肚，血淋淋的掏出內臟。這麼恐怖的活兒，一身潔白的他做起來，竟然還是那麼優雅。

發覺了她的注視，裴鈞武抬起頭看了她一眼，有些難為情的轉了個方向，擋住她的視線。「別看，會吃不下。」

小源微微笑了笑。「裴大少爺怎麼會幹這種活兒？」

裴鈞武背對著她手不停。「我和師父住在竹海的時候，一直是我伺候他老人家的。」他刮好鱗片，仔細的把魚插在剛才削好的樹枝上，心裡還有剩下的半句話，那時候他也照顧「蕭菊源」。現在他都沒辦法去想她，不知道自己到底是恨還是怨，想到以後她要過的生活，似乎還有那麼點感慨。其實「蕭菊源」和他有一點相像，都是一下子從雲端跌落變得一無所有。

看著他有條不紊的張羅著，小源的心竟然充滿了溫暖和平靜。她把下巴支在抱攏的膝蓋上，這樣生活下去也不錯……至少不會總是被意想不到的事情驚到，心總像被吊在一根細繩上忽上忽下。

腳步聲，她無心的一抬眼，看見伊淳峻穿著內衫抱了一大綑柴回來，撞見她的眼神，他冷漠地一翻眼，不予理睬。

他抱著柴火的樣子很好笑，那笑意終於還是消散在浮現唇邊的那一刻。

高貴的伊公子即使只穿著內衫，露出一片光潔結實的胸膛還是那麼完美撩人。應該說更撩人，至少她的心顫了顫，真是！她氣自己在胡亂想些什麼！可那晚的記憶……始終無法抹去，她覺得有些對不起裴鈞武。

顯然伊淳峻和裴鈞武達成了什麼默契，雖然彼此不說話，卻也不爭執，各顧各忙活自己的事。單獨相處的時候裴鈞武還看她，和她說話，伊淳峻回來了，他們兩個都裝不認識她似的，連一絲眼風都不往她身上掃。

沈默地吃過烤魚，天色已經完全黑了，裴鈞武和伊淳峻互相看了一眼，各自扭臉一左一右躺在小源兩側，卻都背對著她。

小源有些好笑的看著他們的後背，也罷，只要他們兩個不再為了她起衝突就好。

大量的失血讓小源心浮氣躁，睡不踏實。雖然閉著眼，周圍的一點響動都聽得很清楚。睫毛被衣裳帶的風微微掃過，她感到身側的兩人同時起了身。她莫名其妙的睜開眼，藉著月光看見裴鈞武和伊淳峻都冷著臉端坐在地上。

「來了。」伊淳峻挑了挑嘴角，冷峭地說。

裴鈞武沒說話，若有所思地飄開了眼神。

是黃小荷吧，她又何必苦苦糾纏，自尋死路……

小源也心知肚明，去往竹海的這一路就是黃小荷下手的最好時機。黃小荷永遠不覺得自己做錯了多少事，只會怨恨自己失去了些什麼，而且把這些怨恨都轉嫁在別人身上。

伊淳峻冷笑，南宮父子的屍體已經找到，他沒有堅持連夜趕路，一來是怕小源幸苦，二來嘛——等的就是黃小荷！

他始終為小源責怪他袖手旁觀而耿耿於懷，她怎麼不明白什麼是時機呢？用黃小荷殺了南宮父子，再報仇不是更解恨嗎？她卻不分青紅皂白地怪他。

衣袂迎風的聲音很輕微，卻刺痛了每一個人的神經，尤其是裴鈞武，臉色越來越蒼白。

小源忍不住伸手握住了他的手，該面對的誰也逃不開。

裴鈞武眼睛裡閃動著複雜的光亮抬頭看著她，小源向他鼓勵的笑了笑。伊淳峻看在眼裡，嘴角雖然不悅的抿起，卻沒說話。

這對裴鈞武的確殘酷。

一個黑影御風凌空而來，姿態優美。

來的竟然是「滅凌宮主」！

伊淳峻從鼻子輕輕發出一聲冷笑，就黃小荷那點兒腦子，還想嫁禍給他呢？

「滅凌宮主」停在大樹之頂，沒有落下地來。小源望著「他」，是怕身高差異太大被人看出來吧。

有時候人想的事情多反而會做很笨的事，比如黃小荷扮成滅凌宮主，她一定以為裴鈞武和伊淳峻是沒辦法和滅凌宮主對質的，因為他們敵對。她不知道滅凌宮主的秘密，還想借他一朝成名的威風，騙騙別人還可以，在伊淳峻面前顯得多麼可笑。所謂運氣不好，就是這樣，每一步計謀好像都完美無缺，偏偏要在知道關竅的人面前施展，只能剩個徹底敗落的結局。

小源也有些心酸，都到了這種時候，黃小荷還傻到掩蓋自己的身分來殺她，這樣能減輕在裴鈞武心中的恨意嗎？黃小荷竟然還抱有一絲妄想，小源一直是欽佩她這份永不死心的心性的。

局面很古怪，「滅凌宮主」在樹上看著他們，他們也都看著「他」，誰也不說話，誰也不動手。

「滅凌宮主」顯然有些猶豫，要一起對付伊淳峻和裴鈞武她的確是沒有勝算的，雖然他倆都為李源兒消耗了很多真氣。

她突然引頸長嘯，像是在給同夥發信號，自己卻轉身就走。是虛張聲勢還是調虎離山？

「追嗎？」伊淳峻笑了笑。「我還是去看一眼。」

裴鈞武也騰身追去，小源的心一刺，他們的速度比起以前緩慢了很多，是因為救她消耗了太多真氣的緣故嗎？

過了一會兒，回來的是「滅凌宮主」。她也不想再多耽擱，直接借來勢就撲襲過來。手中閃著冷光的長劍裹挾著強烈的恨意直刺小源。

裴鈞武一直在追蹤她，趕回來得很及時，擋開她的攻擊，與她纏鬥起來。

小源冷冷地看著，「滅凌宮主」不想傷裴鈞武，而他也似乎下不了狠手。兩人此時的身手由於裴鈞武內力的耗損竟然不相上下。

滅凌宮主頓了下身形，這麼打下去根本分不出勝負，而她的武功套路卻會越來越明顯，再拖，伊淳峻也會回來了！

她再出手，招招凌厲，一把長劍舞得煞是精妙，連裴鈞武都一愣，似乎沒想到她能達到這種境界。「滅凌宮主」出手越來越陰損，招招對著要害下手，裴鈞武有了些惱意，漸漸也被逼出了殺招。

一劍低低刺出，裴鈞武冷哼一聲用腳去封，想踩住她的劍身，沒料到她的手一揚，一片帶著古怪香味的粉瀰漫開來，裴鈞武一凜，馬上閉氣已經晚了，四肢麻軟使不出力氣。

滅凌宮主再不與他多糾纏，腳一點地，飛身撲向樹下的小源。

小源僵硬地看著她欺近，無可奈何，現在的她怎麼會是她的對手？她竟然連撒軟筋粉這種手段都用得出來，她還有什麼辦法躲開她的攻擊？這女人——真是沒有做不出來的事了。

眼前一花，伊淳峻似從天而降，擋在小源身前。滅凌宮主一驚，眼神一冷，挺劍就刺。伊淳峻冷笑，用手去捏她的長劍，還不忘調笑幾句。「宮主真是好身手！看招式竟也有些像是同門弟兄呢。」

「滅凌宮主」一愣神，被伊淳峻乘機捏住劍身，生生拗斷了長劍，甩在一邊。

「滅凌宮主」惱了，扔了斷劍反手就是盡了全力的一掌。

一聲悶響，她居然重重地拍在了伊淳峻的胸膛上。「滅凌宮主」顯然非常意外，竟一掠身退開三步之遙。

「伊淳峻！」小源覺得瞬間血液都凝固了，他軟軟的倒下去了。

裴鈞武閉氣迅速，中毒不深，事出緊急，他盡了全力用腳一踢腳邊的斷劍，那劍去勢凶猛，「滅凌宮主」驚慌一躲，雖然沒刺進要害，卻深深扎入肩胛。

她怨恨地看了裴鈞武一眼，飛速逃離。裴鈞武也沒去追，趕緊上前看伊淳峻的傷勢。轉身看見小源的神情，裴鈞武呆住了。

她把伊淳峻摟在懷裡，她的臉愛戀的貼在他的額頭上，她竟然微笑了。

「小源！」裴鈞武的心很疼卻有些恐懼，她的那個笑容太妖異！

「鈞武，他死了。」小源親了親伊淳峻蒼白失血色的臉，又把自己的俏顏俯下依偎著他漂亮的臉，還在笑。「這個壞蛋怎麼可能會死呢？禍害不是要遺千年的嗎？」她似乎覺得這句話很有趣，格格的笑起來，天籟般動聽。

「小源……」裴鈞武的心被她的笑割成碎片。

「鈞武，對不起。」她摟著伊淳峻的屍體歪著臉看他笑。「他死了……我好像也活不了了。」她有些無奈地說。「蕭家寶藏的秘密都在我身上，你想要就拿去吧。」

「小源！」裴鈞武慘白了臉色，她要幹麼?!

自逆真氣對她來說是死得最快的方法了，身體裡的雜亂內力互相一撞，竟然震得她五臟六腑劇烈一搖，全都移了位。

嗓子一甜，胸卻暢快了，眼前一片細密的血霧，很美……

對不起爹，對不起娘……

很多次她要死，想死，都挺過來了，可這一次——她好像過不去了。

蕭家的秘密、她的責任、裴鈞武……她的確有很多事放不下，可是，她的心已經被懷裡這個又狡猾又凶惡的男人帶走了，她只能想到快點追上他，陰曹地府別再失散了。

「小源！」

「小源！」

第四十二章　斷筋取脈

聲音從很遠的地方傳來，像是呼喚她又像在喁喁私語，小源努力地聽，漸漸恢復了感知。她躺在很舒服的床上，有人在她身邊談話。

「還有救就好，還有救就好……」

這聲音不是伊淳峻嗎？是他的聲音卻不是他的語調，他怎麼會用這麼狼狽這麼急迫的語氣說話呢？

「可這種方式不是人人熬得過……」

這個聲音很陌生但很親切。

「我行！」伊淳峻毫不猶豫地答。

「人家的老婆，你這麼賣力幹什麼？」

這又是誰？說話的腔調倒是和平時的伊淳峻很像，只是更低沈一點，年紀似乎大些。

「還是取我的筋。」

這回是裴鈞武。

小源糊塗了，她到底在哪兒，都是誰在說話？眼睛怎麼就睜不開呢？

「這次……全怪我！我不該嚇她，沒想到，沒想到……」

伊淳峻竟然有激動得說不出話的時候？什麼？他嚇她？這是什麼意思？難道——他是裝死?!也對，他怎麼可能被黃小荷打中呢！

「小源是我未婚妻，理應我取筋給她。」裴鈞武還是平淡冷漠地說。

「我知道！」伊淳峻有些惱。「只要她能活，怎麼都好，我一定要救她！」

「先別爭這個，斷筋取脈這份痛楚就是身體強健的人恐怕都受不了，算是人間至痛。有一次取筋的人，痛激肺腑，死了。你們內力全失，正是虛弱的時候，現在取筋……」

小源聽出點兒門道，他們應該已經來到竹海，兩個年長的聲音很明顯，溫文內斂的是竺師伯，戲謔風趣的是藍師伯。

「所以還是我來，別說是取脈，就是扒皮拆骨我也認了。」一隻手溫柔的撫摸著她的臉頰。「萬一我有不測，裴鈞武還能照顧她。」

她的心一動，有點痛，有點甜。

「真令人感動，淳峻，你竟有這麼高尚的境界，為師深感欣慰。」藍延風沒心沒肺地笑著說。

他這麼一誇，其他人包括伊淳峻都有些無語。

藍延風嘖嘖嘆息了兩聲。「為師早就告訴過你，對待心愛之人，不可存戲弄之心。你看看現在！你從小就一肚子壞水，不用說我也知道，之前你沒少戲耍人家小姑娘吧？」

小源很想點頭，說得太對了！

「所以如今自食其果，死生也與人無尤了。師兄，就取伊淳峻的筋脈吧，說到做相公，還是你徒弟適合，有風險的事就讓這個壞小子上。」

伊淳峻哼了一聲。「師父，你還真心疼我。」

「這事本就錯在你，平時很聰明的人，怎麼也做出這傻子也做不出來的事？你不就是想看看你萬一死了，她會怎麼樣嗎？看到了吧？開心嗎？」

伊淳峻不說話了。

「師弟！」竺連城哭笑不得地阻止他。

小源也有點想笑，竺師伯說藍師伯的語調和原來裴鈞武對伊淳峻說話的語氣很像。

藍延風再次為小源把脈，確定傷情，慶幸地說：「幸虧我趕到得及時，不然光靠你師伯也是接不上脈的。小美人兒的心脈肺脈全斷了，五臟也都受了傷，要不是你和鈞武用了全部內力勉強護住心肺，她早化為香魂一縷了。」說著還伸手摸了摸她的臉，小源全知道，就是沒力氣躲開，只能苦笑著任由他捏鼻子掐臉蛋了。「長得……沒她娘好看，都是蕭鳴宇的錯。」藍延風誣衊道。

伊淳峻聽了冷笑。「師父，這句話聽著好酸。見過李師叔和小源的人都說小源神似娘親，而且……說話就說話，手能拿開嗎？」

「我得費那麼大力氣去救她，摸摸臉怎麼了？」藍延風冷笑，不在乎徒弟的臭臉。「怪不得你那麼捨得了，她可真漂亮。我就沒見你白吃過虧，這回居然用全部內力去救別人的娘子，伊淳峻，幾個月沒見，你變大方了。」藍延風笑不可抑。
「少說廢話，取筋，快點。」伊淳峻冷冷地說。
「不急，不急。我得把要說的話都說完，不然你疼死了，我會後悔一輩子的。」
「師弟……」竺連城又苦笑了。
「師父，」伊淳峻也冷笑了幾聲，不懷好意地說：「你看見過我有搶不著的女人嗎？這回吃了癟，不過是她和裴鈞武早有婚約。」
藍延風這回並沒有再譏笑徒弟，什麼是玩笑，什麼是真傷心，他還是分得出的。
「淳峻，就算你這次順利挺過來，」竺連城嘆了口氣。「五年內，你的左手恐怕也不能運用自如。」
小源有些著急，可是說不了話，睜不開眼。
「還是取我的。」裴鈞武的話很少，但都很堅決。
「不，裴鈞武，我能賠給她的只有這麼多了。說實話，若論給她安逸平靜的生活，細心呵護照顧她，你會做得比我好。我若就此殞命，你就替我好好照顧她；若我能活……」
「你若能活，我願意放棄婚約。一切看小源的意思。」裴鈞武凝重地承諾，說完，他竟輕輕地笑了。「伊淳峻，要挺過來，你的勝算比我大。」
伊淳峻也笑了。「謝謝你。」
他知道裴鈞武作出這樣的決定放棄了多少，這份恩情，如果能和小源在一起，他們夫妻算是欠下了。

他凝神看了小源一會兒，鄭重說：「開始吧，我準備好了。」

小源急得出了一身冷汗，是要抽取他的筋接續在她身上嗎？他有可能會活生生疼死?!

「這個咬在嘴裡。」竺師伯是在對他說話嗎？「不然牙會碎。我要從你胸前和背後各取一條，你沈一口氣，你師父會幫你護住內臟的。只要熬住疼，其他應該沒危險。」

「嗯。」

不行！伊淳峻！不行！小源想搖頭，想流淚，心緒混亂不堪。

「啊——」

小源的心快要被伊淳峻的嘶喊震碎了，他一定很疼。這喊聲……這輩子她都不要再聽到！

「不好！」她聽見藍師伯低呼一聲。「他好像挺不住了！」

她一急，意識一暗，什麼都不知道了……

伊淳峻，她真恨死他了，為什麼讓她反覆體會失去他的恐懼？

兩個月後——

小源輕點竹梢，飛掠著用出蓮舞，原來踩著風的感覺這般暢快。

竺師伯和藍師伯為她接好了心脈和肺脈，卻不許她見裴鈞武和伊淳峻，說是她需要絕對靜養，心情不能有半分起伏。

不見也好，只要知道他們都好，伊淳峻在漸漸恢復中就可以了，免得牽腸掛肚。

竺師伯因為錯認黃小荷，總覺得過意不去，傳了三成功力給她，藍師伯也說不能落後，也給了她三成功力，她一下子變成了高手，感激之餘喜不自勝。這兩個月來，她安心地跟著兩位師伯學習，夢寐以求的一切似乎都得到了，心情好得像豔陽天的太陽。

竹海好大，連綿的青翠顏色讓心情都開闊豁達了。

小源點著竹梢，一路飛掠，對了，這就是她的夢想！

一抹傲然的淡藍色身影在竹林間緩行顯得很雅致，她的身形一晃，原本還不純熟的蓮舞加上心情的驟然起伏，害得她差點跌落下去。

是伊淳峻。

再見到他，心裡是什麼滋味她實在分辨不出了。他嚇她，那失去他的感受痛絕肺腑，竟讓她拋卻一切只想追隨他而去。她恨，她也狼狽，她的心在那一刻那般坦白的裸裎在他面前，他一定很得意、很驕傲吧，一個女人肯為他死，一想就氣得不行。

可是，他也願意為她付出一切；他的全部功力、他的生命、他的左手……他激動得失去自制的語調，都讓她一想就覺得甜蜜。

伊淳峻在挖筍子，她的心一陣劇痛，他的左手垂在一邊，無法動彈。她站在高高的竹梢上偷偷看他，心情太複雜了，竟然不敢靠近。她到底該怎麼對他？繼續生氣還是抱住他，狠狠掐他?!

可是……真的抱住了，她想親親他。

裴鈞武……她輕輕咬了下嘴唇，這兩個月來，她也想明白了。一開始她因為責任和憐憫要嫁給他就是錯的，因為她的心沒在他身上，這樣勉強過一輩子，彼此也會遺憾而痛苦。

她的心，只能裝下這個蹲在那兒挖土的大壞蛋了。

可她要怎麼報答裴鈞武呢？他為她付出少嗎？不想了，不想了……就是因為想不出答案，兩個月來她才不敢去見他們。不敢對裴鈞武說清楚，也不敢表露對伊淳峻的愛。

伊淳峻拎起籃子，緩步向潭邊去了。她默默地跟隨著他，卻又不想被他發現。

他跳上瀑布下石頭的動作有些笨拙，石頭很滑，他踩上去的時候竟然一個踉蹌。

她又心疼了，那個飛掠上成都城頭的瀟灑身影如今被她害成這樣。活該！誰讓他嚇唬她，自作孽！

他洗著洗著居然發起呆來，她望著小瀑布前的他也愣了，他——真是太漂亮了。尤其他的眼睛沒有焦點的凝望一方時，那秋水目裡含著情帶著笑，又有些冷傲孤絕，妖物！

瀑布的上方崖壁被水沖落了一塊小石頭，「撲通」一聲掉在他身邊的水裡，發呆的他嚇了一跳，腳下一滑竟然掉入潭裡。

她忍不住一笑，哈哈，被她看見他這麼狼狽的樣子也算是報應。她就要在這兒等著他落湯雞一樣爬上岸來。污點，一輩子的污點！一輩子她都要笑他！

一輩子？

一輩子！

可是……她驚慌起來了，這麼半天，他沒浮上來！他……她要哭了，她怎麼忘了他功力全失，左手還不好用？

「伊淳峻！」她慌亂地飛掠過去，心情混亂下蓮舞用得不成章法，不得不踩一下水面借力，裙襬全都濕了。她撲倒在那石頭上淚水紛亂，水很清澈，因為太深，瀑布打起的水花掀起陣陣白浪，她根本看不清楚。

「伊淳峻！」她大哭，四下尋找。

還是沒有！他，他該不會已經沈下去了吧？她……她不會泅水啊！頭一暈，腳踝一疼，她被拖入水中，涼涼的水讓她渾身一激。她沈下去了！腳根本踩不到底，她的手亂揮，抓著可以借力的東西，立刻全身都攀附上去。竟然很溫熱！她攀住了東西可以在水面暢順呼吸，再睜眼時就是他壞壞笑著的臉。

氣死了！她真是要氣死了！

使勁掐他、使勁擰他，都不足洩憤。

「你又耍詐！你又耍詐！嚇唬我真的那麼好玩嗎？」她憤恨地捶著他的後肩，氣得嚎啕大哭。

「我錯了，我錯了……」伊淳峻原本壞笑的臉全化為憐惜的溫柔。

她的哭聲嗚咽起來，被他的吻壓抑在喉嚨裡徒勞的抗議著，漸漸變成動情的呻吟。

他吻著她，呼吸漸漸粗重。

小源覺得腰身一緊，他竟然摟著她從水裡飛身而起，在那塊石頭上輕輕一點，飛上瀑布之頂。

瀑布上是一大片被水打磨平滑的巨大石塊，溪水被周圍的竹綠映得青而清澈，發出淙淙的輕響，緩慢從容的從石床上流過，在驟然折下的崖壁邊直流而下形成瀑布。

「你……」小源疑惑地皺起眉，他的身手雖然不比從前，但是，能從水裡飛身而起，點水借力，他根本不弱。那……那……他還故意在石頭上裝滑倒！她又開始氣恨了，他師父告誡他的這麼快又全忘了嗎？

他已經把她壓倒在被太陽曬得溫熱的石灘上，手也不安分的伸進她濕透的衣襟裡。她一拳搗在他下腹，他悶哼一聲。

「騙我，就會騙我！」她踢開壓在身上的他，憤憤地站起身。

「是妳自己笨嘛。」他捂著肚子，趴在石頭上苦笑。

「你！」她又快要氣哭了，一腳踩在他的後背上，要不是……要不是……真該踩在他臉上！

「疼！」他一聲低叫，臉色蒼白。

她一窒，怎麼又忘了，她現在有師伯們給她的六成功力，非同小可，她這一腳……她慌亂的抬起腳，俯下身一臉焦急的看他。「沒受傷吧？哪兒疼?!」

他長臂一伸，把她拉得摔倒在石上，人也壓過來了。

「這兒疼。」他握著她的小手按向下腹已經昂然硬挺的灼熱。

她頓時滿臉脹紅。

「下流！」她用力的要抽回手，卻被他箝得緊緊的，隔著濕透貼身的衣物她也感覺到了他的炙灼，他握著她的手輕輕套弄著。

他的左手……能動?!

「小源……」他纏綿地低吟，眼睛蒙了層誘惑的慾色微微瞇起，他的唇也壓上來了。

「怎麼了？」他的神智微微一凜，隱忍著問她。

她的心一酸，淚水成排的湧出來。

「這兩個月，想死我了……」

其實她也很想他，很想，可又不好意思說，只能繼續譴責道：「為什麼總是騙我？」

伊淳峻嘆了口氣，微瞇的美目鄭重地一睜，如同誓言般說：「我，伊淳峻，以後再也不成心欺騙李源兒了。」

「真的嗎？」她癡癡看著他。

「真的……」聲音膠著在綿密的細吻裡了。

小源側過臉躲避他的吻，氣喘吁吁地徒勞推拒他。「我怎麼總覺得這句話有點兒問題呢……」

伊淳峻低低地笑起來，配著他的喘息，十分勾人。「現在不是妳有問題，是我有問題。」他扶正她的頭，有點兒霸道地吻著。

換氣時她才有機會說話，喘著問：「你有什麼問題？」

他無聲地笑，肩膀都抖起來，手擋開她腿的阻擋，急不可待地進入了渴盼的天堂。「現在……我沒問題了……」

小源氣得哭了，又被他撩撥得喘息不已，那聲調讓他頓時瘋狂了，動起來深情地喚著她的名字。

小源也陷入他支撐起的桃源仙境，沈迷淪陷，咿咿呀呀地輕淺回應。

伊淳峻帶領她飄入慾望的雲端，小源緊緊摟住他，饜足而幸福，好像一切煩惱都隨著身邊靜靜奔流的溪水流逝而去。

平復下來，他沒有捨得離開她，伏在她嬌軟的身體上，幽幽地說：「小源，妳是我的。」

她很疲憊，聽了懶懶一笑，口齒纏綿地嗯了一聲。

他聽了，身體動了動。「我好像又有問題了……」

第四十三章　愛無對錯

小源很想若無其事的回到屋子，可是一見在屋前竹下擺弄笛子的藍師伯，臉還是不爭氣的紅了，像幹了什麼虧心事。

藍延風看了她一眼，微微一哂，又仔細看手中的笛子。「先去把衣服換了，別再著了涼。」

小源一垂頭，有些狼狽地跑進房間。

換衣服的時候，她聽見了悠揚的笛聲，曲調灑脫明快，讓人的心情都為之一輕，渾身舒服。

走出房間，她看見藍師伯半瞇著眼，沈浸在自己的笛曲中。小源愣愣地看著他，因為精於內功，四十幾歲的他看上去也不過三十上下，俊美的容貌，桀驁的神情，真的很迷人……

他和竺師伯不一樣，竺師伯沈穩平靜，不苟言笑，做事一板一眼，娘不選他，她可以理解。可是藍師伯呢……他，能教出伊淳峻那種徒弟的人，如此俊美無儔灑脫不羈的男子，娘怎麼會沒選呢？

當然，自己的爹爹在她心裡是最好的，可竺藍兩位師伯和娘青梅竹馬，感情深厚。有時候，從他們看自己的眼神裡，她就體會得出，這兩個男人，愛娘至深！只因為她是娘的女兒，他們竟為她這般耗損一生修練的內力，救她，成全她。

這麼優秀的兩個男人，一個沈穩，一個桀驁，可娘都沒選。她真的想知道為什麼……

「幹麼這麼看著我，因為我比伊淳峻好看嗎？」藍延風笑著停下吹奏。

「嗯？」小源回神才發現自己一直盯著他直直的看。「藍師伯！」她撒嬌的一頓腳，有點臉紅。

「決定要選伊淳峻嗎？」藍延風也微笑著看她。

小源咬了咬嘴唇，重重點了一下頭。

藍延風笑起來，用笛子輕敲手心。「小源兒，那妳可要多加小心了，淳峻那小子又滑頭又花心，一肚子鬼主意，不看緊一點、不管得嚴一點，就要闖禍的。」

「有這麼說自己徒弟的嗎！」小源兒抱不平。

「女大果然不中留，這就開始護小女婿啦？」

「藍師伯！」

笑了一會兒，藍延風收了笑。「小武子不好嗎？我看他比他師父有意思多了。」

小源一恍神，垂下眼。「他……不是不好，可我，我也不知道為什麼非要喜歡伊淳峻那個混蛋。」一想起他總要詐騙她，她就有氣。

「嗯。」藍延風笑了笑，了然的點點頭。

小源抬眼幽幽地看他。「藍師伯……為什麼當年娘沒選你，我能問嗎？」

藍延風的眼神黯了一下，隨即有些自嘲的笑了笑。「我先問妳，伊淳峻向妳道歉嗎？」

小源有點不明白的皺起眉。「嗯，要是他做錯了，當然該承認錯誤的。」

藍延風看著對面竹子的細長葉子，眼神有些怔忡。「而我——從來不向她說對不起……」

小源看著他，藍師伯已經完全沈入回憶，每次他和竺師伯想起娘，臉上都會浮現出這樣似溫柔又似苦澀的神情。

「我年輕的時候……不愛認輸，更不認錯。即使對她，也不讓步，很多次都把她氣哭了。有一次，她非要學雷霆斬，師父不教她，她就來纏我。她知道大師兄最聽師父的話，個性呢……根本不會通融。我當然也不想教，因為那功夫太凶殘，控制不好會自傷自身。如果我當時明白的說我是怕她受傷，是心疼她該多好，可是我對她說，她的功力根本沒到學雷霆斬的程度，她還不配學。」

小源嘆氣，這麼說娘當然要氣死了。

「她要我向她道歉，我還和她爭執，說自己沒錯為什麼道歉？她哭著跑了，好幾天不理我，我也不理她。然後她就下山去了，我還賭氣不去追她。再見她的時候，是師父過世，她已經嫁了妳爹。」

小源心酸酸的，不知道該說什麼。

藍延風似乎有些尷尬自己說了這麼多往事，又故意笑了兩聲，裝作輕鬆地說：「如果我當時去追她，根本就不會有妳爹什麼事了，也就沒妳這麼個小美人兒了。」

這種感受她真的懂！

就是十年來，她反覆設想的「如果」！一千個如果，一萬個如果——可是，沒有如果，只有當初的那個事實。這感覺就是——後悔。

「小源兒，妳真該感謝我。」他看著她微笑。「從小我就對淳峻說，愛是沒有對和錯的，只有愛和不愛。對自己愛的人，沒有原則。如何，他學得很徹底吧？」

小源鼻子一酸，竟流出淚來，這麼多年來，他的心恐怕比竺師伯還要苦。

「帶淳峻去見見妳爹娘吧，也該正式承認妳的小女婿了，不過先要和鈞武說清楚，至少讓鈞武從責任、忠義的重擔中解脫出來。那個孩子……被這些東西拖累得太苦，如果他能像淳峻那樣沒心沒肺的快樂長大，他就是世上最出色的男人，比淳峻那個混蛋強得多。」

小源微微一笑，說得沒錯，裴鈞武也該心無罣礙地活，說他想說的，做他想做的。

蕭鳴宇和李菊心的墳在竹海邊緣，小源已經來過幾次，十年來，竺師伯一直維護得很精心。

小源把一束菊花輕輕的放在爹和娘的墓碑前，跟在她身後的裴鈞武和伊淳峻都垂著手站得很鄭重。

小源嘆了口氣，心中默默祝禱，爹娘啊，這兩個男人，一個與她有夫妻之名，一個與她有夫妻之實，都對她情深意重。今天她就要當著他們的面把自己的決定說出來，希望……希望……裴鈞武別那麼難過才好。

她轉過身。「今天，在我父母面前，我……」

「小源，在妳說之前，我要先和他們說幾句話，好嗎？」裴鈞武淡淡一笑。

小源愣愣地看他，點了點頭。

他上前一步，翩然跪下。

「主上夫人，這麼多年，我們讓小源獨自飄蕩在外，辜負了你們的囑託，實在有罪有愧，裴鈞武代替亡父和桂二叔給你們磕頭謝罪了。」

小源剛要說話，被伊淳峻握住手，他向她搖了搖頭。

裴鈞武恭敬的又行了個禮。「裴家世代盡忠盡義，傳到鈞武已有三代了。現下，後蜀傳人找到了更好的守護者，也請主上還鈞武自由之身，讓鈞武隨興而活，心無罣礙的追求武學更高境界，遊遍天下壯美山河。」

「鈞武……」小源的眼前朦朧一片，他是怕她為難吧？

裴鈞武站起身，半晌才轉過來，他已經可以微笑著看她了。「小源，從今天起，我就做妳的裴大哥，再不是妳的家臣了。」

「鈞武！」她哭著拉住他的手，這個男人太好太好。

「裴鈞武——」伊淳峻讚許的看著他。「怪不得當初我喜歡你，你真是個不錯的男人。」

裴鈞武有些促狹的看著他笑。「你要決定現在繼續喜歡我也可以，我接受。」

小源哭著忍不住「噗哧」一笑。

裴鈞武皺眉，很疑惑的樣子。「其實我一直很好奇，當初你和雹在房間裡……是不是真的……」

伊淳峻愣了一下懊惱地說：「當然是假的了！」

「嗯。」裴鈞武點頭。「那我就放心了。」說完也裝不下去，自己笑出來。

「裴鈞武，我和師父師伯商量過了，這代的擎天咒就傳於你，你的人品氣度……」伊淳峻說著似乎有些不甘心地咂了下嘴。「我甘拜下風。」

小源連連點頭，太好了，能學擎天咒一直也是裴鈞武的夢想吧。

「你們倆讓開一點，我也有話對岳父岳母說。」伊淳峻揮揮手，示意他倆到一邊去。自己也走上前鄭重跪倒。「岳父岳母，從今天開始，我就是李源兒的丈夫了。說實話，您二老怎麼生了這麼個刁鑽的女兒呢？很折磨人的。」

「伊淳峻！」

「陛下，您的忠臣撂挑子不幹了，這又苦又累的活兒就由在下接過來吧。您二位泉下有知，請託夢給後蜀傳人，讓她對我好些啊！」

小源又氣又笑的瞪他，他已經站起身，拉過她摟在懷裡，大步就走。

小源看了看裴鈞武，莫名其妙。「幹麼去呀？」

伊淳峻又挑嘴角了，瞥了眼裴鈞武。「不要跟來！」

小源覺得他的語氣很古怪，有點兒下流，臉頓時紅了，狠狠地擰了他一下。

伊淳峻笑了，握住她的手，飛奔起來，跑遠了才說：「今天終於和裴鈞武說清楚了，我心上的大石終於沒了。」

小源邊跑邊笑。「你不是很自信的嗎，原來心上也壓石頭了？」

伊淳峻不理她，一路拉她跑到瀑布邊，跳了下去。

瀑布濺起的水霧在陽光下變成綺麗的七色虹霓，小源在水裡仰著頭，瞇著眼看那美麗的彩光。

「伊淳峻，以後我們一定要在有瀑布的地方生活，好漂亮……」她滿足地嘆息。

伊淳峻在她身後為她清洗長長的烏髮，輕柔而耐心。他的長髮也漂浮在水面上，好像烏絲鋪纏的翅膀。「嗯，好的，我在家裡給妳搭一座。」

「家？」她呵呵地笑起來。

笑過了又有些心酸的嚮往，這麼多年了，她沒有家。在鳳凰城覺得四川是家，回了四川，看見的不過是一座廢墟。裴家莊、霜傑館倒更像是「蕭菊源」的家。

「怎麼了？」發現她的沈默，伊淳峻放下她的長髮，任由它們在水面漂浮成絕美的扇面。他跨前一步摟過她，細細的看她。「主上，您怎麼傷心了？」他有些寵溺又有些調侃地說。

「伊淳峻……我真的很想有個家。」她仰起頭，鄭重地看著他，眼睛裡的霧氣微薄的擋住閃爍的星彩。

他一愣，隨即滿臉的憐愛。從水裡抬起手，扣住她小巧精美的下巴，手上滴下的水，在她胸前的水面上形成層層漣漪。漂亮的男性薄唇點吻著她的額、她的眉、她的眼、她的鼻，如蠱惑，如誓言，他輕聲低喃。「以後……有我的地方，就是妳的家。」

淚水幸福的從她朦朧的眼滑落，被他輕輕的舔去。

「伊淳峻……」她呢喃喊著他的名字，柔媚的雙臂纏上他的脖頸，她真的好愛他，雖然他總惹她傷心生氣。

被她的妖媚誘惑撩撥得快爆炸了，他幽幽看著她笑。「妳已經太會迷惑我、控制我了……」

她把臉貼在他結實光滑的胸膛上，傾聽他越來越快的心跳。「我喜歡你為我迷亂的樣子。」

他低低地笑了。

「我就有一件事不明白，妳是怎麼知道我是滅凌宮主的？」

「想知道？」她在他胸前輕笑。

「當然。」

「我告訴你。」

她站直身體，望著他的眼睛，被她這麼柔情似水的一看，他眼睛裡的慾色更濃了。小源也學他壞壞一笑，緩緩解下腰間已經濕透的腰帶，密密的蒙住了他的眼睛。

「嗯？」他在喉間疑惑地嗚咽了一聲。

「這不是為了告訴你答案嘛！這答案……不能用說的。」

她輕輕笑了兩聲，突然覺得主導歡愛過程的感受非常不錯，她就是要把他弄瘋了，為她發狂了，讓他死心塌地的為她一輩子——營造一個家。

她撐著他的雙肩去吻他的唇，水的浮力總好像要把她扯開，而且，他實在比她高太多。她瞇了下眼，拉著他的手走向岸邊。石岸被水打磨得光滑如鏡，與她的腰同高，她輕輕一撐坐在岸石上，扶他也坐下。

伊淳峻的薄唇緊閉著，嘴角挑成非常享受的弧度。她看著那彎彎的嘴角，心情非常愉悅，他……也喜歡這樣吧？

她也用手去捏他的下巴，然後重重的吻上去。

他猛地用手臂撐住身後的石頭才不至於倒下，嗓子裡一陣動情的嗚咽，她的另一隻小手也不安分起來，伸入他的領口輕撫著他的胸膛。他無聲地笑了笑，她可真是個好學生，一學就會還舉一反三……

就在他被她吻得快無法忍耐，想去壓倒她的時候，她抬起了頭，微微的喘息也讓他快要瘋狂了。

她輕輕地脫去他的衣服，然後他聽見窸窣的聲響，不一會兒她嬌嫩的身子就偎過來了。她身上的水氣涼涼的，但她很熱……竟然跨坐上來了，他感到她的小舌輕靈地舔過他的胸肌。

「嗯——」他舒服的仰起頭，雙手撐住上半身，繼續接受她最最甜蜜的折磨。

她輕喘著凝視他美麗結實的胸膛，左胸漂亮肌膚上的醜陋傷疤——她動情地去舔了舔，舌頭用力的刮過小小的突起，他低聲的吟叫起來，頭向後仰……

他的頸項也好美——她俯上身，緊貼著他已經發燙的胸膛，為他脹起的柔嫩胸房惡意的磨蹭著他的肌膚。她去舔他上下滾動的喉結，果然他瘋狂了……她得意地笑起來。

他緊繃的炙灼已經脹痛到了極點，因為她的貼緊而更接近她已經潮濕溫熱的花源，如同最致命的邀請，她擺了擺腰，那潮熱的花源在他燒灼的頂端微微一壓，輕淺的包容了一點點，他狂躁地一挺腰，想得到更多，而她卻輕笑著一抬。

「小源，小源……」他渾身緊繃的顫抖起來，坐直身體空出雙手，準確的掐住了她的纖腰，不容她再壞心的挑逗，重重往下一壓。

他和她都舒服的呻吟了一聲……她撐著他的雙肩擺動腰肢，收緊了包容著他的溫柔，他俊美的臉孔微微一皺，她加快了擺動……

「啊……」他低叫起來了，炙熱的生命為她噴發。

他喘息著，一把扯下眼睛上的布，性感地笑出聲。「我明白了，聲音出賣了我。」

她虛軟的趴在他身上，淺笑倩倩。

他一個翻身壓倒她。「現在……輪到我讓妳發瘋了……」

第四十四章 有朋遠來

秋天的竹海寂靜得有些蕭索。

嚴敏瑜抬頭望微黃竹林上方湛藍的天空，秋天的天空……即使這般美麗，還是讓她迷茫。這最明晰的藍和最聖潔的白裡面真的有神明嗎？可曾聽見她的祈求？

過去的歲月裡，她從不曾有心情傷春悲秋，那是因為沒有遇到真心喜歡的人。

「師姊……」一直跟在她身後的元勳輕聲叫。

嚴敏瑜聽見了，卻沒回頭。小孩子元勳也會用這麼深沈的語調說話了？這半年來，大家都變了。

「看過小源，妳和我一起回鳳凰城吧。」元勳並不急著追上她，就默默地跟著她，看著她憂鬱的背影。

嚴敏瑜還是不說話。

「師姊！」元勳到底是個急脾氣，終於忍不住提高了聲音。「妳喜歡杭易夙，可他喜歡妳嗎?!我們在汴京住了那麼久，他也沒向妳提親，妳要走，他根本沒留妳，真是個無情無義的畜生！師姊，我們回去，我要把全西夏最好的男人找來給妳當丈夫！」

「他喜歡我，我知道！」嚴敏瑜轉過身大聲說，隨即有些抱歉，她不該對元勳發脾氣。

她軟下聲調說：「元勳……你不懂。」
她和杭易夙的事，就連他們倆自己都不懂。當他說明真相後，正常的姑娘都該掉頭就走，覺得自己被命運開了個惡毒的玩笑，可她卻已經陷得太深，對他說只要在一起也沒什麼不好。她向來心思就不細膩，說了在一起的話以後，杭易夙竟然流淚了，讓她立刻走，走得越遠越好。
她知道他是為了她好，願意離開，是因為她明白這份愛對杭易夙也是種折磨，她也不願看他痛苦自艾。
「師姊……」元勳露出體諒又心疼的神情，這半年來，師姊都變得他有些不認得了。一粒石子疾速從竹林裡打來，正中元勳的後腦，他沒來得及叫出聲人已經倒了下去。
嚴敏瑜嚇白了臉，四望無人。
「誰?!」她高聲喝問，突然想到了一種可能，聲音低下去，有些期待地喊：「是杭易夙嗎？」
桀桀怪笑從竹林深處發出，聽得嚴敏瑜起了一身雞皮疙瘩，一道人影竄了出來。「我雖然不是杭易夙，卻是替他來找妳的。」
嚴敏瑜疑惑地還想問，已經被那人發的石子打中暈穴，什麼都不知道了。
元勳慢慢恢復了知覺，聽見不遠處有人在喊他的名字，像是小源的聲音，可語調又有些陌生，小源怎麼會有這麼輕快的聲調？她總是心事重重的。「元勳——師姊——」

聲音越來越近了，元動大喊：「我在這兒呢！」

他向左右打量，嚴敏瑜不見了！

他掙扎著站起身，正瞧見一抹月白色的嬌小身影絕美的飛掠而來，元動有些怔忡，這身手好漂亮……那個笑著招手、一臉明媚光彩的少女是小源嗎？看來之前杭易夙打聽到的消息是對的，小源和伊淳峻在一起了。看樣子伊淳峻對她很好，那麼……伊師兄還是喜歡女人的？他一下子又開始胡思亂想。

「妳給我慢點！」熟悉的淡藍色身影追隨著她，低低訓斥，不客氣的話語裡全是濃得化不開的愛戀。

「追不上，氣死你！」小源笑起來，秋天的金黃色襯托著她俏麗無雙的容顏，發出的光彩簡直要把眼睛都晃瞎了。

「小源……」元動愣愣地看著，小源從一顆澀澀的小花苞綻放成最俏麗美豔的花朵了。

「再過兩個月，我就追得上妳了，到時候別怪我。」伊淳峻壞笑著威脅道。

兩人轉眼已經到了元動的身邊，小源疑惑地四處看。「師姊呢？」

元動摸摸後腦，莫名其妙地說：「剛才有個石子打暈了我，醒過來不見了師姊，你們就來了。你們也沒看見嗎？」

小源搖頭。

伊淳峻倒不以為然。「我聽說杭易夙也離開了汴京，想來一直跟著你們，說不定他打暈你，要與嚴師妹私會。」
小源瞪了他一眼。「你又知道了？幹麼不告訴我？」
「妳也沒問哪。」伊淳峻一臉冤枉。
元勳有點憤憤不平。「這也太過分了！他們要私會，幹麼打暈我？我還能攔著他們嗎？很疼的！」
伊淳峻的眼中飛快閃過一絲疑惑，當著小源和元勳卻什麼也沒說，何必讓兩個完全幫不上忙的人跟著擔心呢。
「小峻——小峻——」
發出喊聲的女人功夫不錯，只是境界上差很多。她的千里傳音憑藉高深的內力，傳得不算很遠，卻很響，又不綿悠，氣勢上或許很猛烈，其實是內功下乘的表現。
伊淳峻臉色一變，痛苦地扶額。「她怎麼來了？」
小源和元勳剛想問他是誰，人已經到了。
是一個看上去三十出頭的美麗女子，彎彎的笑眼天生帶了三分歡喜活潑。
伊淳峻嘆氣，煩惱地看她。「妳這麼大聲嚷嚷，不怕我師父聽見落荒而逃嗎？」
「不怕。」女子笑起來，還用袖子假模假樣的掩嘴。「我也是來看看你和你的小媳婦，還有……如雷貫耳的絕世美男竺大俠。」
伊淳峻頭疼地指著她對小源說：「這位就是妳要找的蕭姬，蕭大美人兒。」

小源本來就在看她，聽伊淳峻一說，意外得都說不出話來。這是她在世上唯一的血親了，可是真要張口叫姑姑，她還真叫不出口。

蕭姬這輩子情路坎坷，先是愛上高天競，在一起後發現他本性卑劣，還企圖害她弟弟蕭鳴宇，她向弟弟示警，自己也失去了愛情。這麼多年來，小源一直以為她受盡悲痛折磨，抑鬱寡歡，沒想到竟然是個這麼開朗快樂的人？

「這就是小源吧？」蕭姬上下打量著小源。「真是太漂亮了，小峻你運氣真好。」她笑嘻嘻地說，眼底卻有掩不住的哀傷，一轉眼，他們的女兒都這般大了。她很快收回目光，生怕被人看出破綻。「走、走、走，先去看美男。」她故意喜笑顏開，也不用人招呼，自己急匆匆地往竹海裡面跑。

「小峻，你竺師伯長得比你如何？」她路過伊淳峻身邊時還笑咪咪地勾住他的脖子拖著他一起走，好像很親密，手臂卻勒得很用力。

「輕點，輕點。」伊淳峻雖然呵斥她，卻順從地被她拉著走。「他比師父還好看呢！」

「是嗎？是嗎？」蕭姬加快腳步。

「妳不是要見我媳婦嗎？鬆開鬆開，這樣我怎麼振作夫綱？」伊淳峻拉她胳膊，玩笑的成分居多。他要想掙脫，十個蕭姬也抓不住他。

「哎呀！事分緩急，你媳婦還能跑啦？夫綱?!小峻，姊姊早就預言過了，你要嘛就光棍到老，欺負女人為樂，跟你那不成材的師父一個德行。要嘛就是找了老婆被老婆欺負，對不對呀——小美人兒？」她已經拉著伊淳峻甩開小源他們一段距離，所以她高聲喊著。「小美人兒欺負美男是不是很開心、很有成就感啊？尤其是小峻這種滑得像泥鰍的漂亮小哥兒？」

小源輕輕笑起來，讓她擔心苦惱了十年的姑姑居然是這麼一位，又沒了塊心病，天也好像更明媚了些。她笑起來，走過去拉元勳，一路說笑地向精舍走。

還沒到精舍就已經聽見蕭姬哈哈大笑的聲音，她的笑聲讓所有人都禁不住挑起嘴角。

小源走到房前的竹蔭下，看見蕭姬正抓著藍延風的胳膊，使勁拍他後背，好像在拍打多年未用的老棉被。蕭姬笑得搖頭擺尾，十分得意，藍延風卻像垂死掙扎，一副苦苦忍耐的樣子。

竺連城和裴鈞武師徒二人都強忍受驚嚇和想大笑的表情，神色古怪的閃在一邊看。

「你沒了三成功力?!天助我也！天助我也！」蕭姬一邊拍一邊笑。

「蕭——姊姊！」伊淳峻在旁邊樂不可支地看著。「這話妳已經說了快一百遍了。」他一抬眼看見小源他們。「妳能撿這麼個大便宜，得多謝我老婆。」

「嗯嗯。」蕭姬點頭。

藍延風趁她分神想甩脫她逃離，卻被她一把摟住抓得更緊，「藍師伯」飄逸桀驚的形象徹底崩潰。

蕭姬細看小源，又重重拍藍延風的背，拍得他一臉菜色。「我侄女越看越好看呢，小峻，你太有豔福了。」她衝伊淳峻擠眉弄眼。

「伊淳峻！」藍延風詛咒般從牙縫裡擠出喝問。「是你告訴她來這裡的？」

「是啊，小源想見她嘛。」伊淳峻悠閒地說。

「回頭找你算帳！」藍延風額頭的青筋都爆出來了。

「回頭?!」蕭姬壞笑著看他。「真是心有靈犀一點通啊。走！總算能完成我早就想做的事了。」她又勒著藍延風的脖子拖他走。

「師兄——」藍延風哀怨地望著竺連城，求救意味明顯。

竺師兄顯然受了強大刺激，遲疑地看著師弟拿不定主意。

裴鈞武終於忍不住笑了。「師父，我們走吧。藍師叔——多保重啊。」

「好！小武子，師叔白疼你了！」藍延風瞪眼。

「盼望已久，盼望已久……」蕭姬就快要唱起來了。「你的房間在哪裡呀？」

元勳愣愣地看著，不失本色地問：「盼望已久什麼？」

蕭姬頭也不回。「你說呢？現在我的武功終於比他高了，哈哈哈。」

小源坐在潭邊的石頭上，默默地想著心事，赤裸的腳時不時踢一下水。聽見腳步聲，回頭看果然是蕭姬。

「小美人兒，想什麼心事呢？」蕭姬笑了笑，自顧自地脫衣服跳進水裡，享受地發出嘆息。

小源沒說話，雖然是姑姑，可還沒親到可以說心裡話的地步，沈默又太奇怪，於是她只好把話題再引回蕭姬身上。

「姑……」她喊不下去。

水裡的蕭姬立刻抬手作了個阻止的手勢，甩得到處是水。「叫我姊姊！我不想被妳叫得七老八十。」

小源笑笑，拿不準她是體貼還是真這麼想。「蕭姊姊，藍師伯……真喜歡妳嗎？」誰都知道藍師伯這些年心裡的人一直是她娘。

蕭姬看了她一眼。「那是他的事，和我有關係嗎？」

小源愣住，真沒想過她會這麼回答。

「我只知道我喜歡他。」蕭姬微笑，看著一臉震驚的小源，展了展眉。「誰規定女人一定要等著男人來喜歡？我喜歡一個男人就是要纏著他，直到我不喜歡他為止。」

小源說不出話，呆呆地看著一臉堅定的她。

「誰又規定女人只能喜歡一個男人，失敗了也沒後悔的機會，傻傻地吊死在一棵樹上？誰說選擇權在男人手裡呢？我以前愛高天競，後來發現他是個混蛋，那就不愛了嘛，害他一下，算是扯平。」蕭姬看了小源一眼。「小姑娘，保護自己是沒有錯的，但真的喜歡一個人不能太計較。妳看妳爹爹，他喜歡一個人，就全心全意地付出，他不怕失去也不怕冒險。」

小源一震，蕭姬竟看穿了她的心事？伊淳峻的深沈總讓她有漂在水裡不上不下的感覺，他就是她的浮木，她很怕什麼時候他說離開就離開了，她只能無助地沈入深淵。

「小姑娘，有時候想得太多，除了自己不快樂就沒別的了。人生在世，管那麼多幹什麼？妳只要弄清自己的心意就行了。」蕭姬笑得很得意。「我現在喜歡藍延風，這麼多年也沒厭倦，那我就一直喜歡下去。如果，又要愛情，又要回報，又要很多他不可能給我的東西，那我只能失去他了，這麼多快樂也就沒有了，搞不好我還會想念他。所以還不如什麼都不要，就這麼纏著他。愛情百種多樣，誰規定必須是有來有去的呢？」

小源笑起來。「蕭姊姊，我覺得妳說的很有道理。」

蕭姬也笑。「孺子可教，孺子可教啊。」

子夜，小源在床上翻了個身，雙眼炯炯地看著窗外月光下婆娑的竹影，輕輕嘆了口氣。

「怎麼？睡不著？」身後的伊淳峻長手長腳一伸，輕輕的把她拉進懷裡。

「師姊和杭易夙到底怎麼了？我以為師姊會在汴京和杭易夙成親，一直就留在那兒了。」小源煩惱地說，現在她沒別的擔心事了，就剩活寶師姊讓她牽腸掛肚。杭易夙也真是的，有話不在汴京說，都到了竹海了，卻帶著師姊跑了，這都什麼事？

「唉……」伊淳峻嘆了口氣。「其實我一直不想對妳說，但既然妳問了……」

「快說！」小源又被他氣得胸口發堵，狠瞪了他一眼，不問還不說呢！

伊淳峻的表情有點兒古怪。「妳師姊是不可能和杭易夙成親的，因為杭易夙是『朝廷中人』。看吧，惦記妳家寶藏的可不光是江湖人，皇帝知道了這事也惦記呢！」

「啊？是嗎……」小源有點吃驚，沒想到富有四海的皇帝也惦記這點兒前朝遺寶？「朝廷中人就不能成親嗎？杭易夙是什麼官職？捕快？」她覺得他那個冷冷淡淡的樣子，很像名捕的派頭。

「要是捕快就好了。妳見過哪個捕快有那麼好的身手？他是大內王公公的手下。」伊淳峻頭疼地說，見她還是一副不得要領的樣子，他只能直白地說：「他也是個太監。」

「啊？」小源驚詫地坐了起來，把被子都扯開了。

伊淳峻有點兒悻悻地為自己拉回被子說：「他要不是太監，那天……他要還能忍住，就是個聖人。」還好杭易夙是，不然他就要抱憾終生了。

小源沈默，怪不得那天杭易夙會有那麼痛苦的表情了。

「這個王公公……」伊淳峻有點不屑地挑了挑嘴角。「是個野心勃勃的人，他把後蜀遺寶的事情密奏了大宋皇帝，皇帝自然就派他搶掠這份寶藏。大宋連年征戰，虛耗日盛，眼巴巴地盯著這塊天上掉下來的肥肉呢！」

小源點頭，這倒是。

「王公公多年沈浮，一直不怎麼走運，好不容易有這個機會，自然立功心切，不僅想得到寶藏，還想暗中統領武林。他在世家裡物色了幾年，選中了杭易夙，用杭家的安危威脅他，還逼他受了宮刑。」

「你怎麼又知道？而且還知道得這麼詳細？」小源瞪著他問。

「就是比武的時候，我覺得奇怪，杭家劍法沒那麼狠毒的，就去調查了一下，果然杭易夙是王公公親自教出來的。」

「我記得……你給過他一塊牌子，讓他可以不再受制於人，是指王公公嗎？」

伊淳峻笑了兩聲。「妳記得夠清楚的。那是大內印符，相當於皇上親臨，自然可以幫杭易夙擺脫王公公的控制，可那又有什麼用呢，沒了的……也回不來了。」

「你怎麼會有那東西？」小源不依不饒。

「夜審犯人啊？現在不告訴妳，時機到了給妳個驚喜。」伊淳峻翻身背對她，顯然不想說。

「我不要驚喜！我要答案。」她捶他肩膀。

伊淳峻只是笑，不說話。

「那……師姊怎麼辦？」小源一陣揪心，忍不住問。

伊淳峻也沈默了，半晌，他說：「各人有各人的命，就看他們自己怎麼選了，好了，夜深了，睡吧。」

剛把她摟在懷裡沒一會兒，只聽窗紙被輕輕地一敲，有人在外面小聲叫。「主上。」伊淳峻頭疼，偏小源今晚不睡覺，現在好了，瞞不下去。

小源也不等他答話，騰地坐起來，抱著胳膊挑釁般瞪他。「是不是以前你都趁我睡著後鬼鬼祟祟地跑出去？」

伊淳峻連忙叫冤。「沒有！這次也是偶發事件，我派人去找嚴師妹的下落，看來有消息了。」

小源仍舊瞪他。「我也要去。」

伊淳峻嘆氣，無奈道：「好，好。」

第四十五章 血與嘆息

嚴敏瑜在一處密林醒來，周圍全是遮天蔽日的竹子，即使已經入夜，因為還在竹海，所以嚴敏瑜並不怎麼緊張害怕。她沒有急著起身，轉著眼珠看了看周圍，沒有人，難道杭易夙打昏她又後悔了，自己跑了？

竹葉間透射下來的月光讓人感到有些淒涼，嚴敏瑜掙扎著坐起身，揉揉脖子，打得還真疼。

「妳醒了？」

嚴敏瑜嚇得大叫一聲，是人是鬼啊？她怯怯回頭，沒看見人，抬頭才發現滅凌宮主輕飄飄地站在一竿粗壯的竹子上。她沒見過滅凌宮主幾次，乍一看還是覺得他似乎瘦了不少，黑斗篷裡乾癟癟的，更像個鬼了。聲音也令人發顫，不男不女的，幸虧月色還好，不然嚇死人了。

「你把我抓到這裡的？」嚴敏瑜悵然問。

滅凌宮主桀桀怪笑起來。「聽起來很失望？妳以為是誰？杭易夙嗎？不過……他就快趕來了。」

「他要來這裡？」嚴敏瑜騰地站起身，眼睛都發亮了。

滅凌宮主沈默了一下。「妳這女人，既然已經知道他的身分，還對他不能忘情？」

嚴敏瑜皺眉瞪著他，滅凌宮主也知道杭易夙的秘密？

滅凌宮主不理會她的眼神，自己得意地笑了兩聲。「說曹操曹操就到，來得真快呢！」

嚴敏瑜也顧不上理他了，四處看，不知道杭易夙會從哪個方向來，不一會兒就看見杭易夙手挽長劍急速掠來，臉色沈凝。他看見嚴敏瑜，神色緩了緩，站在她身前，抬頭看滅凌宮主的時候表情有些古怪，而且沒有主動質問。

滅凌宮主剛才還話多，見杭易夙來了，只壓著嗓子說：「牌子還我。」

杭易夙瞇眼沈吟了一下。「宮主，您不是把這塊牌子送於在下了嗎？」

滅凌宮主冷笑道：「既然是我送你的，自然可以收回。」

杭易夙冷冷哼了一聲。「王公公，您這招也太拙劣了。」

「滅凌宮主」脊背一僵，索性也不繼續裝下去了，怪笑著說：「既然被你識破，也就不得不下狠手了。易夙，你是我教出來最得意的弟子，走到這一步，太令人心痛了。」

「弟子？」杭易夙恨得顫抖了起來。

站在他身後的嚴敏瑜心疼地摟住他的腰，臉貼在他的後背，希望她無聲的支持，能減輕他的痛苦。可她的柔情卻更添了杭易夙的怨毒，如果他是個正常的男人，此刻該是多麼幸福。

「你什麼時候把我當過弟子？你威脅我，殘害我，逼我做那些陰毒的勾當！這輩子，我最恨的……就是你這位好師父！」

王公公哈哈大笑。「別以為有塊牌子就了不起，我不過是念舊情，希望你能繼續為我效命。真要撕破臉，你未必是我的對手。」

杭易夙氣急反笑。「不是你的對手又怎麼樣？我早就……早就活夠了！」他一晃肩膀，甩開身後的嚴敏瑜，挺劍騰起，直刺王公公。

他的話那麼絕望，讓嚴敏瑜哇地哭出來，杭易夙心裡到底有多苦，她一直以為自己知道，可如今聽他說出來，沈重得她都無法面對。

王公公雖然武功高強，奈何杭易夙以必死之心纏鬥，漸漸便有些落了下風。他眼珠一轉，閃過杭易夙的攻擊，直奔哭泣的嚴敏瑜而去。嚴敏瑜自然躲避不過，被他抓了後心的衣服，提著狼狽退後，王公公用劍逼住嚴敏瑜的脖子，得意地命令杭易夙停手。

正在這時，伊淳峻和小源雙雙趕到，嚴敏瑜一看，激動地大喊。「小源！小源！快救救我們！」

伊淳峻穩住身形，看見王公公的打扮忍不住失笑，譏諷道：「最近似乎很風行扮演滅凌宮主啊。」

小源原本以為滅凌宮主還是黃小荷扮的，聽伊淳峻一說，再細看的確不是。她猜不出對方是誰，只能站在伊淳峻身旁，對嚴敏瑜作了個安撫的神情，讓她別害怕。

王公公一看伊淳峻，似乎一下亂了陣腳，長劍抖了一下劃破了嚴敏瑜脖子上的皮膚。

「你放開她！」杭易夙瘋了一樣大吼起來，又不敢貿然出手，五官都氣恨地變得猙獰。「有仇的是我們，你拉上無辜的人做什麼！」

王公公見杭易夙這麼在乎，又變得有恃無恐。「這個一心喜歡你的姑娘是無辜的人嗎？」一邊說邊陰毒地劃了嚴敏瑜的肩膀一劍，血流出來很快染紅了衣衫。

嚴敏瑜平時大驚小怪，此刻卻能忍住一聲不響。

伊淳峻上前一步，抬手止住正欲說話的杭易夙。「王公公，你這又何必？只要你願意放過這姑娘和杭易夙，我一定在皇上面前為你美言幾句。雖然後蜀遺寶的差事你算辦砸了，皇上看在我的面子，自然不會再追究。」

王公公顯然動心了，劍逼得嚴敏瑜不再那麼緊。

杭易夙見機不可失，出手如電，一劍刺在王公公的肩頭，把嚴敏瑜拉到身邊。

王公公氣急敗壞，不顧傷痛奮力反擊，被掠來的伊淳峻擋住。

小源正為伊淳峻說的那幾句話犯疑，見杭易夙救回嚴敏瑜立刻鬆了口氣，沒了人質，王公公不是伊淳峻和杭易夙的對手。她趕緊去扶嚴敏瑜，想看看她的傷情，剛拉住她的手就聽見暗器破空而來的聲響。杭易夙在與王公公纏鬥中，聽見暗器的來路勉強用劍一擋，叮地一響柳葉小刀偏了方向，小源還沒反應過來，只聽嚴敏瑜叫了一聲倒了下去。

一切都發生在電光石火之間，直到嚴敏瑜倒下去，小源還在怔忡之間。

嚴敏瑜發出輕微的疼呼，小源這才驚慌失措地蹲下扶起她，細看傷在哪兒。雲層遮擋了月亮，月光變得暗淡，小源只模糊看見嚴敏瑜胸口血跡斑駁，根本不知道傷口具體在哪兒。

杭易夙見嚴敏瑜受傷，出手更加狂猛，因為心緒打亂，出招也凌亂不堪，讓一旁的伊淳峻反而感到處處掣肘。

「你去攔住那個幫手！」伊淳峻低聲對杭易夙說道。

杭易夙心裡也明白，與其兩個人互相牽制不如分頭行動，伊淳峻的功夫雖然好像弱了很多，拖住王公公一時半刻還是不成問題的。暗器傷人的小人他更厭恨，於是飛快循著柳葉刀的來處疾掠而去。

小源抱著嚴敏瑜，慌亂地喊：「伊淳峻，我們還是快送師姊去醫治吧！」不祥的預感縈繞心頭，小源也顧不上伊淳峻是否拿住王公公了。

嚴敏瑜虛弱地噓了一聲。「別大驚小怪……讓易夙分了心，不好……」

小源淚如雨下，都這時候了她還惦記杭易夙呢?!

杭易夙聽見小源的喊聲，腳步頓了一下，遲疑要不要先去救治嚴敏瑜，正在這時，潛伏在密林裡那發暗器的身影一躍而起，向林外逃去。杭易夙一咬牙，這人傷了嚴敏瑜，他非殺了不可！

杭易夙提氣急追，那黑影輕功不錯，杭易夙幾個起落都沒追上，心裡十分急躁，咬牙狠追，幸好長劍在手，離得近了些一劍刺去，逼得黑影不得不停步對戰。

這邊伊淳峻也下手越來越狠，希望速戰速決，王公公見勢不妙，賣了個破綻轉頭就跑。

伊淳峻正要追，聽見小源喊他，只得轉身回來看嚴敏瑜的傷勢。

「先救師姊吧，我瞧著……」小源哭得泣不成聲。她怕嚴敏瑜聽見洩了氣沒敢說，但情況確實不好，嚴敏瑜的氣息都微弱了。

伊淳峻趕緊發了信號叫手下來幫手，只聽林中兩聲慘呼，其一是杭易夙的。

嚴敏瑜意識已經不甚清醒，可杭易夙的聲音卻讓她有了反應，哀求道：「去幫……去幫他。」

伊淳峻也很焦慮，這時雷和電已經趕來，他立刻去密林接應杭易夙。風吹開了雲層，月光再次明亮了起來，伊淳峻看見地上倒著三個人，兩個「滅凌宮主」，原來發暗器的竟是黃小荷，還有一個是杭易夙。杭易夙的劍刺入王公公的要害，黃小荷的短匕重傷了杭易夙，而王公公的劍刺入了黃小荷的後背。王公公已然斃命，黃小荷和杭易夙都重傷危急，伊淳峻嘆了口氣，雖然不知道他們三個到底怎麼弄成現在的局面，人還是要救回去的。

精舍裡燈火通明，所有人神色焦慮，嚴敏瑜和杭易夙傷及肺腑，就連竺連城也無力回天。

黃小荷背部受傷，趴在榻上一語不發，蕭姬為她裹了傷，皺眉向藍延風使了個眼色，黃小荷的傷口有毒，用竺連城秘制的靈藥塗上去雖然止住了血，但傷口的烏黑並沒消除，情況不是很樂觀。

竺連城用藥吊住了杭嚴二人最後一口氣。「你們還有什麼話……就說吧。」

杭易夙聽了，知道自己已是窮途末路，閉起眼無聲苦笑，死對他來說未嘗不是解脫。

嚴敏瑜哼了幾聲，顯然有話要說，小源含淚扶她半坐，讓她能看見對面榻上躺的杭易夙。

嚴敏瑜笑起來。「易夙，雖然現在我們的樣子慘了點兒，但我很高興，以後我們再也不分開了。其實我早就想好了，就算只是陪伴，我也想在你身邊，可是你不留我，我很生氣，所以也沒對你說。」

杭易夙眼睛仍然緊閉，眼角卻淌出熱淚，睫毛也顫抖起來。

得不到他的回應，嚴敏瑜有點兒生氣。「你倒是說啊，願不願意……」

杭易夙睜開眼，眼神已經變得柔和，他本不是多話的人，此刻也只是「嗯」了一聲。

嚴敏瑜聽了，露出無比滿足的笑容。

小源的眼淚唰地淌下來，師姊和杭易夙太可憐了。

杭易夙知道嚴敏瑜已經到了彌留時刻，不然以她的個性還會聒噪個沒完，他笑笑，其實有很多心裡的話之前他都不肯說給她聽，句句都是她想聽的。「敏瑜，我喜歡妳，在裴家莊的時候就喜歡了，就因為喜歡才希望妳過得好，希望妳離開我。沒想到妳這麼傻，不過……也好。」

嚴敏瑜已經說不出話，神情卻很激動，終於聽見悶葫蘆杭易夙的表白，她想哈哈大笑，卻終於閉起眼睛。

杭易夙沒聽到她的回應，明白她已經走了，瞬間他有些哽咽，差點哭出聲。他穩了一下，眼睛尋找著伊淳峻。「伊公子，請你……幫我從宮裡把……我的東西拿回來，讓我有個全屍。」他的眼淚又淌出來。「下輩子我要當個完整的男人，與她……在一起。」

伊淳峻走過來認真地點了點頭。「你放心，我一定做到。」

蕭姬也走過來，有些抱歉。「那個……杭公子，王公公的劍上餵了毒，就連竺師兄的靈藥都沒用，你……有解藥嗎？」

小源哭著看了蕭姬一眼，她明知黃小荷與蕭家有血海深仇，怎麼還會為黃小荷討解藥呢？

蕭姬看穿了小源的心思，抿嘴一笑。「這丫頭再惡，也是竹海的門人，該由她師父處置她的生死，這才是道理。」

杭易夙虛弱地冷笑起來。「我知道配方……」

黃小荷原本臉色發青，聽杭易夙說有配方，眼裡又有了些光亮。

杭易夙的氣息越來越微弱。「她殺了敏瑜，我為什麼要……要……救她。」

蕭姬眼看著杭易夙嚥了最後一口氣，嘆息地搖了搖頭。

黃小荷愣了一會兒，終於感到什麼是所謂的報應。

她潛伏在竹海，聽見嚴敏瑜喊小源的聲音，偷偷靠近才發現竟然還有人假扮滅凌宮主，伊淳峻離開了小源身邊，她伺機發暗器想殺小源，沒想到杭易夙一擋誤中了嚴敏瑜。杭易夙追來，她不得不與他對決，王公公逃跑時正巧也是走她選的路，見杭易夙與她拚命，便想殺了杭易夙。杭易夙也顧忌王公公，被她逮到機會用匕首刺中腹部，王公公沒想到杭易夙此時中招，劍走虛空誤中她的背部。杭易夙倒地，見王公公誤傷她，王公公瞬間的錯愕給了他機會，用盡最後的力量刺殺了王公公。

現在……他們都要死了。

黃小荷嘴裡一苦，胸口極悶，噗地吐出一口黑血，她愣愣地看著地上的血漬，毒已經侵入她的肺腑，她的時間也不多了。

「師父……」她垂著眼，不敢看屋裡的任何一個人。

竺連城沈吟了一下，才嗯了一聲。

「師父……在竹海的這幾年，是我人生裡最快樂的時光，」黃小荷沒有哭，甚至還微笑起來，想起自己還是個滿懷希望的少女在竹海快樂的生活，那時候師父很疼她，鈞武……對她也很好。「師父，雖然我做了那麼多錯事，請你別不認我……在我心裡，只有你是我的親人了。」

竺連城一陣辛酸，畢竟是自己看著長大的孩子，落到這般田地。「放心吧……師父，永遠是妳的師父。」

黃小荷點頭，流下了眼淚，到了這時候，肯原諒她的也只有師父了。

「鈞武，對不起。」她似乎還有很多話，可真說出口，也就只有這一句了，她能說什麼呢？她騙了他，害死了他的親人，害得他無家可歸。她是真心喜歡他，可臨死連傾訴這份愛都沒了臉面。她有點兒羨慕嚴敏瑜，至少她死的時候能大聲說出自己的愛，她卻不能了。

「李源兒……」黃小荷覺得眼睛越來越模糊，已經快要看不見東西了，生命在流逝，她的時間越來越少。可她卻沒有什麼能留戀的了，全都失去了。「其實我只是太羨慕妳，太羨慕妳了。」她乾脆閉起眼，聲音也越來越輕了。「師父，鈞武……你們叫我一聲小荷吧，我不是蕭菊源，這世上也有黃小荷來過一遭。」

笠連城點了點頭，沈聲道：「小荷。」

黃小荷的嘴角虛弱地挑起，她遲遲不肯嚥氣，大家都看向裴鈞武。

裴鈞武動了動嘴唇，終於說：「小荷。」

黃小荷流出兩行眼淚，再也不動了。

小源一直很恨她，看她這樣死去，心裡又忍不住有些酸澀。她看著伊淳峻，能有人與自己傾心相愛，並且安然相守其實是件非常奢侈的事，蕭姬說得對，她又何須耿耿於懷伊淳峻是什麼人，只要他們彼此相愛不離便是幸運。

伊淳峻也在看她，眼睛裡有悲慟的光亮，顯然他也是這麼想。

藍延風看著唏噓流淚的蕭姬，這個女人……很愛他，愛了很多年，他已經錯過了他愛的人，難道還要再錯過愛他的人嗎？愛他？這麼多年了，他似乎已經習慣了她的糾纏。不忍看到她失落的神色，他故意的被她「得逞」幾次。真的僅僅是她愛他嗎？

裴鈞武一直沈默，黃小荷是他與過往最後一點晦暗的連繫了，如今他的確該瀟灑地面對未來，不再沈溺於過去的悲傷。

正如眼前的一幕，每個人都有自己的宿命。

第四十六章　至大危險

蕭姬抱了幾件晾乾的藍延風的乾淨衣服，哼著歌兒走回精舍，雖然這幾天，竹海的氣氛很悲傷，但藍延風卻不知道吃錯了什麼藥，對她好起來了，導致她的心情愉快，很不合群似的。

走進院子的竹籬，她看見小源又坐在屋前竹下發呆，忍不住走過去拍了拍小源的肩膀。

「怎麼？還在傷心難過？」

小源看了看她，這時候還笑容滿面的，真是說不清她到底是豁達還是沒心沒肺。

蕭姬在她身邊坐下，調整了一個舒服的姿勢，把藍延風的衣服胡亂放在腿上，也不管會不會沾上灰塵還是弄縐。「妳還年輕，所以會把生離死別看得太重。經歷得多了，也不知道該說是成熟了還是麻木了，就沒那麼難受了。」

「經歷得多了？」小源吶吶地重複了一遍。「蕭姊姊，妳經歷了很多生離死別嗎？」

「唔……」蕭姬沈吟了一會兒。「算是吧。」她笑了。

小源皺起眉，真想不出，誰會在說這樣的話題時發笑。

蕭姬看了看她，有點像賣關子地挑了挑嘴角。「小源，我知道妳有很多問題想問我吧？」

小源點點頭，從她來，總是發生很多事分了心。「妳和我爹爹怎麼相認的？」這位姑姑，爹爹很少提到，也是因為高天競來犯，她才在娘口中得知自己還有位姑姑。

「我和妳爹……真說不清到底是恨多還是愛多呢。」蕭姬又仰頭望天，她皺眉思考的樣子十分可愛。「他的娘從我娘那裡搶了男人，想也知道，能生出蕭鳴宇那種禍害的女人肯定長得非常漂亮。十七歲那年我跑到四川來找爹評理，沒想到先碰見了他……那年他才十五吧，已經出落得美貌動人了。我不知道那是我弟弟，竟然還喜歡上他。」

小源的心突然很酸，如果她是蕭姬，絕對不把這件事情說出來，一輩子爛死在心裡。偏偏蕭姬還用這麼輕鬆的語調說出來？她笑著說的，是極為淒慘的身世——從小被父親拋棄，長大後千里迢迢孤身一人來找父親說理，卻意外的愛上了一個人，這個人竟是自己的親弟弟！她沒細說，但她淡笑自嘲的眼神卻讓小源的心像被絞了一樣痛。

「哈哈，我想，如果妳爹這輩子有什麼瞞了妳娘的話，就是和我的關係。想想也挺得意，我竟然能成為懼內成癖的蕭公子唯一的秘密。」她笑。

爹從沒和她說起，也是因為那一段都是他倆人生中的隱痛吧。或許……爹的心裡，也曾真心實意的對蕭姬有過感情。

「妳爹娶了妳娘以後，我喜歡上高天競……」

「妳喜歡他什麼？」小源忍不住打斷她，因為她實在想不通高天競那種男人到底有什麼值得喜歡的地方。

「嗯……」蕭姬的笑容終於有了些落寞。「我喜歡他夠冷、夠狠。我羨慕他除了自己以外誰也不喜歡、誰也不愛，真的很羨慕。」

鼻子發酸，小源眨了眨眼不讓淚水掉出來。蕭姬都還沒哭，她倒難受得要命，蕭姬還是那副沒心沒肺的笑容，好像心無罣礙。小源似乎突然懂了，她如此豁達，是因為心早已被傷透，所以反而堅強了吧。

「說來倒楣，我喜歡上的男人都愛著妳娘。」蕭姬故意瞪眼，耍寶地作疑惑的表情。「當然高天競不算，他只是以為自己喜歡妳娘，看吧，財字當頭照搶照殺，我就喜歡他這點，寧可別人受傷，也絕對不傷著自己。在感情上也做到這一點，他可真是個了不起的人。」好像覺得這麼誇獎高天競很風趣，她又哈哈大笑了。

小源卻在她的笑聲中體會到心碎的滋味。

「後來我算是想通了，我才不管誰喜歡我，我就管我喜歡誰。我開心也笑，傷心也笑，笑著笑著，就真的高興起來了。」

小源垂下頭，生離死別和傷心悲苦……蕭姬真的經歷了很多。

「哼！別看藍延風現在得意，等我不喜歡他那天，他就算跪地磕頭，把他所有珍貴的東西都給了我，我也不會再正眼看他的！還要把他當臭狗屎使勁踩幾腳，鞋也不要了。」她又笑，覺得自己這句話很好笑似的。

小源也想跟著她笑，可實在笑不出來。希望這次……希望藍師伯別再傷了她的心，別再讓她因為傷心而笑。

「妳作夢！」藍延風從一叢竹子後面走出來，也不知道躲在那兒聽了多久，他和伊淳峻一樣，都喜歡偷聽別人談話的。

他表情凶惡地走過來，一把摟住蕭姬的腰，把她從石頭上拉進自己懷裡。「這輩子只有我把別人當狗屎，不可能別人把我當狗屎。」

這輩子……不會有她不喜歡他的那一天，他發誓！

「臭德行！」蕭姬向他翻白眼。

小源苦笑著看這對兒毫無長輩風範的長輩……他們和竺師伯真是天差地別。竺師伯簡直就是老去的裴鈞武，藍師伯比伊淳峻還不如……

傍晚下起了淅淅瀝瀝的小雨，天色更加幽暗，提早到了夜晚似的。

小源推開窗，迎面而來的潮濕寒風讓她微微一顫，一地枯黃殘敗的竹葉更添了秋意蕭索。

他……還沒有回來，身體的變化她早已發覺，卻不知道為什麼遲遲沒有開口對他說。現在他們已經形同夫妻，師伯們也默認了他們的關係，可伊淳峻從沒提過成親的事，哪怕只是在竹海小小擺一桌酒。

她安慰過自己，現在他的計劃在收網，不僅是為裴家莊復仇，也是為了他一直以來隱密進行的計劃，他沒心思考慮他們之間這個形式，可是作為女子……自然還是盼著有鳳冠霞帔的花燭夜作為美好回憶的。

伊淳峻布置圈套向來很有耐心，即使隱居在竹海，每次他手下來回覆此事也從沒回避她，所以她清楚地知道那些財迷心竅的江湖人士為了那幾句歌訣，以及歌訣暗示的地點已經掀起多大的風浪、死了多少人……

這正是他的目的，讓他們越死越多，實力消耗越來越大，等他出手的時候才最有效果。

小角色都讓大角色替他解決了，果然是條借刀殺人的妙計，雖然殘忍了些。

小源冷笑，雖然江湖死傷慘重，她卻毫不憐憫。他們死於爭搶，更是死於自身的貪婪。當年對蕭家莊是這樣，如今裴家莊也是。

她摸了摸小腹，表情柔和下來，懷孕已經兩個月了，根本看不出來。伊淳峻太忙，甚至都粗心地沒有發覺。

小源時常在想，她和伊淳峻的孩子會是個怎樣的人？不用說，一定很漂亮。如果是個男孩，會不會像他一樣又壞又可愛？如果是女孩……她忍不住笑了，像她還好，要是像他，未來的夫婿可就慘了。

她聽見腳步聲，不由就起了渴盼。雖然不想承認，她知道，即使只分開了短短一個時辰，她已經很想他，很盼他了。她一直在等他，而且越來越心焦。經歷了那麼多，她無奈地發現自己越來越依戀他了。

以前的歲月……沒有他，她也過了。可是，她不敢想像如果以後歲月裡沒有他將會如何。他是她的丈夫、她孩子的爹爹……是她的全部，可對於他，她到底有多重要，她越來越掂量不出來了。他是可以為她捨棄生命，可漸漸的，她竟然也懷疑起自己的分量了，他好像疏忽掉很多東西。

有點兒失望，進門的是元勳，也是，伊淳峻走路是沒有聲音的。還好……她又展顏笑了，伊淳峻和元勳一起回來了。

「怎麼不多穿點！變天了。」傲兀冷酷的伊公子緊走幾步摟住她，囉囉嗦嗦地說。

「真是見識了。」拓跋元勳嘿嘿的笑，搖頭嘆息。

伊淳峻不怎麼是滋味地回頭瞪了他一眼。「見識？男人愛妻子不對嗎？難道要見了老婆先打她一拳嗎？」

「我不是說這個，伊師兄，當初你算不得百鍊鋼，但現在絕對是繞指柔。以前我就覺得你很肉麻，沒想到現在你更肉麻，看來你喜歡小源比裴師兄多啊。」元勳調侃道。

伊淳峻眯眼危險地看了看他，冷聲道：「你不是來道別的嗎？趕緊說，說完滾蛋！」

小源沒忍住笑，腦子裡又想起自己撞見他和裴鈞武互相調戲的那一幕。

「小源，我要回西夏了，本想帶妳一起回去，估計伊淳峻不答應，我就自己走啦。」

小源的笑慢慢收斂，當初她和元勳、師姊一起回到中原，雖然她滿腹心事，但三人說說笑笑，還是十分快活的。沒想到，回去的路上只剩元勳了。

「別擔心，王兄有派人跟著我。」元勳也有些傷感，又不想在小源面前表露出來。「原本我想和裴大哥和伊淳峻一起完成復仇大計再走，可他們自有安排，我武功又低微，留下幫不上忙反而添亂，所以趕在最後爆發前走。」

伊淳峻好歹想起為元勳倒了杯茶，嘴裡還不依不饒地沒好話。「算你有自知之明！回去告訴你那個自作聰明的大哥，讓他少插手中原武林的事。自己就那麼巴掌大的地方，野心倒不小。大宋興衰影響不到他，好處他也占不上，老實點兒得了！」說著說著還站起來拍桌子，惹得小源瞪了他一眼。「要不是考慮到你算我半個小舅子，剛才當著大家我就說出你們的缺德事了。」

他冷笑，元勳的臉色發僵。

「缺德事？」小源有些疑惑。

伊淳峻哼了一聲。「攻打裴家莊那隊莫名其妙出現的好手，就是他大哥李元昊派來的！我真是想不通，他幹麼做這損人不利己的事，撈到好處了嗎？」

元勳有點愧疚地低了頭，吶吶地說：「我只是對他的手下無心地說起這事，沒想到他會派人去攪和，真沒料到連他也想要寶藏。」

小源暗暗一驚，那隊人馬居然是西夏的高手？事情比她想像的要複雜得多。

伊淳峻看了他一眼。「就是知道你是無心的，我才沒找你算帳。你大哥這人野心很大，將來他要是攛掇你爹稱帝或者乾脆自己跳出來，你千萬要順著他，他可不是個聽勸的人，想順當平安地當你的親王，就少逆他的意，犯不著惹他。」
元勳沈默了一會兒終於點了點頭，悵然道：「我知道了。」
小源皺眉，當著元勳的面她沒問，伊淳峻似乎對朝廷的事都瞭若指掌。
「好了，說完了吧？滾吧。」伊淳峻毫無禮貌地送客。
元勳嘖了一聲。「真無情，你自己都說我是你小舅子，沒點兒溫情送別的話嗎？」
伊淳峻撇嘴。「溫情送別？你再囉嗦會兒，小源就該哭了，我還得哄。所以，快滾。也不是以後見不著了，何必在乎？」
被他這麼一說，還真的很難有悲傷離情，元勳撓撓後腦勺。「那我就走了，小源，妳要保重啊。」
小源點頭，鼻子還是發了酸，伊淳峻看了她一眼，凶殘地把元勳推了出去，臨走還送他一句。「一路滾好！明天起不了早，不送了。」
元勳聽了，惆悵離去。
小源看著伊淳峻把門關上，房間……整個世界就好像只剩他們兩個人了。
她忍不住走過去從後面緊緊抱住他的腰，臉貼在他結實的脊背上。「元勳說要到最後爆發了，什麼時候？」
「後天出發。」伊淳峻默默享受著只屬於他的溫柔。
小源收緊手臂。「不想讓你走！不想一個人留在這兒！」她知道自己是無謂地撒嬌，他是去替裴家報仇，也是替她還債，更是替她清除覬覦寶藏的惡人。

伊淳峻轉過身，反過來緊緊摟她在懷，唇壓下來，帶著戲謔說：「好，我不去了。」

她只能又氣又愛地瞪他一眼，緊緊抓住他的衣服，完全迷醉在他的吻裡了。

伊淳峻喘息著抬起頭，皺眉有點兒疑惑。「我很納悶，妳為什麼不鬧著和我一起去？」

小源沈默了一下。「因為我懷了孩子。」他一去不知道多長時間，現在不說，搞不好他回來的時候她肚子都大了。

伊淳峻半天沒說話，也不動，好像沒聽明白懷孩子是什麼意思。

「伊淳峻……」小源有點兒無語，他這反應也太大了吧，心機深沈機變百出的伊公子竟然傻住了。

「妳……懷孩子了？」他竟然還氣短，難不成心虛嗎？

小源皺眉瞪他。

他愣愣地看她問：「我是要當爹了嗎？」

小源噗哧笑了，他居然一副傻相。「是──」她佯怒地拉長著聲。

「小源！」他扶住她的腰一下子把她舉高，轉了一圈。「謝謝妳！妳太厲害了！」

小源剛想笑，又笑不出來了，訓斥道：「這是誇獎嗎？」

伊淳峻也笑，在她臉頰上親了又親。「是！我們有孩子了！一半像妳一半像我。」

小源無語。「那不成妖怪了？」

伊淳峻哈哈笑起來。「也是，我怎麼都胡言亂語起來了。」

晚上就寢，伊淳峻還沒平復，嘴裡嘀嘀咕咕在給孩子想名字，背了很多古詩，小源開始還覺得好笑，後來就聽膩了，自己蓋好被子不理他，隨他折騰去。

他突然沒聲了，小源倒有些奇怪，轉過身看他，他正兩眼炯炯地盯著她看，與她對視一下，心虛地轉開目光，還嘆氣。

「你又怎麼了？」小源無奈地問，準爹爹的心意很難揣測。

伊淳峻呼了一口氣。「幸虧我要離開了，不然看得見吃不著……非折磨死我不可。」

小源紅了臉，飛快地轉回身。「誰……誰讓你看得見吃不著了？」

伊淳峻悶悶地說：「我孩兒。為了保護他，我也只能忍了。」

小源捂著嘴笑起來，沒想到伊淳峻這麼喜歡。

「小源，和妳說個正經事。」他正色起來。

「嗯？」小源還帶著笑意，慵懶地問。

「妳能把最後一句歌訣告訴我嗎？」

小源一僵，最後一句歌訣……那是連蕭姬都不知道的秘密。娘曾經對她說過，連心上人都不能告訴。

「不能說就算了。」

雖然伊淳峻口氣毫無異樣，但小源知道，他會介意，會覺得她不信任他。

「蕭王墓邊白雲塚，寒水蒼山月如弓。狼星曉唱東方白，碧血淒淒映江中。」對不起，娘，她想告訴他，像爹爹信任娘一樣，信任伊淳峻。「而且，光有歌訣是沒有用的，就算到得了藏寶之地，也打不開斷魂門。要打開那門，一年之中，只有每年秋分，天狼星最亮的那一晚，把蕭家人的血倒進天狼星從天河之孔照進來，耀亮的那個洞孔，並把鑲嵌在我皮膚裡的月王璽放進被血啟動才會浮現的月形凹槽，才能把門打開。」

伊淳峻久久沒有說話，輕輕把她摟入懷中。「謝謝妳，小源。」

小源搖了搖頭，沒有答話。

伊淳峻出發的早晨，雨滴敲打竹竿與窗櫺的聲響和夢連成一片，小源擁緊了被褥，習慣地汲取他的溫暖……她悶悶不樂地睜開眼，窗外昏濛的天色讓室內一片幽暗，她瞪著身邊空空的床榻，心也空空蕩蕩的。

他不在……也沒叫醒她。懷了孩子後她就很貪睡，他起身她都不知道。畢竟是遠行，他怎麼也該叫醒她，道別一下。

兩位師伯、裴鈞武和他都去了，應該是沒有危險的。雖然他有藍師伯給他的三成功力，可功夫到底不比往日……就算他和以前一樣厲害，她還是擔心的。

有些失望地起身，胳膊上傳來刺痛，那是她取月王印的傷口，不大，疼起來卻讓她心都顫抖。她知道，那並不全因為疼痛，雖然告訴了伊淳峻全部秘密，又把月王印交給了他，他也說明是為了進行一些布置，讓覬覦的人死心，可她……畢竟為了這寶藏，她家破人亡，爹娘也被這寶藏牽累得屢遭背叛。

伊淳峻至今都沒真正向她坦白他的身分，還有很多秘密沒有說與她知道……越想就越覺得心慌，她是輸不起的！如果伊淳峻背叛了她……她真不知道還有沒有勇氣活下去。

想了幾天，她還是忍不住瞞著蕭姬偷偷跑出竹海。她也明白，如果真的信他，應該在竹海裡安心的等他回來，可是，她做不到！她受不了盲目等待的折磨！她要去看，要陪在他身邊，她禁受不起任何閃失。

所謂「寒水蒼山」其實很好找，就是嘉陵江邊的寒蒼山。短短幾天的路程，小源卻走了快大半個月，身體有孕自然是一個原因，主要是她下意識的拖延著……越接近寒蒼山，她的心就越慌亂了，總是患得患失得厲害。

沿路她已經知道，寒蒼山就快要被尋寶的人踏平了，等她到了附近，這條路上的江湖人已經很少，即使碰見，也都是家人來收回屍體的。小源冷冷地看著他們披麻戴孝的路過，鄙夷又憐憫……可以想見，前一陣子這條路上灑了多少人的鮮血，倒了多少沒人認領的屍首，她彷彿還能聞見泥土裡還沒散去的血腥。

又慢慢地走了半天，她終於看見了江邊矗立的寒蒼山，並不很高，也沒連綿向其他山脈，孤零零的確很像荒廢的帝王墳塚。

她猶豫地望著，心裡一片茫然，突然很恐懼。

嘈雜的人聲隱約從山口處傳來，她驚醒地一顫，閃身躍上一棵茂密的大樹，隱藏在粗壯的樹枝之後。

從山上下來的都是些武功低微的江湖小輩，小源並不認識他們，或者在幾次重大場面沒注意到他們。他們的衣著算不得光鮮，腳步沈重，舉止也很粗俗……幾番浩劫之後，江湖上殘存的大概也都是些這樣的角色了吧？

他們吵嚷著停在道路的分岔口，正好是她隱身的大樹下，她清楚地聽見他們的話。

「兄弟們，就此別過！我們火速回去召集人手，一路往西夏追，一定要在滅凌宮主出川之前截住他和寶藏。」

「在下也有幾句話要說，滅凌宮主武藝高強，身邊又有許多好手，我們一定要團結起來，趁他被幾大世家消耗了大部分實力之時，一擊成功。」

「穀鏢頭說得不差，若論實力，幾大名門世家遠遠超過滅凌宮主，但他們都想獨吞寶藏，互相殘殺，才讓滅凌宮主撿了個大便宜捲走了財寶。前車之鑒，我們必須擰成一股繩，就算每人分得一部分，也比兩手空空強。」

小源再也聽不清他們的話了……她的心裡耳裡只盤旋了一句「滅凌宮主捲走了財寶」。

小源僵直地藏在樹葉間，是伊淳峻的計策嗎？他不會背叛她的，雖然一路行來總在心裡擔憂，真的聽到這個消息，她又絕不相信了。他是她相公，是她孩子的爹爹，如果他背叛……就是放棄了這一切。他為了她懷孕那麼高興，不會的！

雖然她不知道他真實身分，可他有錢有勢，不會為寶藏背叛她的！小源掠回地面，飛奔上山。

當她看見山凹裡大開著，露出通向山腹石階的「蕭王氏白雲夫人之墓」時，她還是不信，她還是對自己說著不可能。

沒用火把，她一路黑著下到山腹……藉著從天河之孔照下的日光，她清清楚楚地看見了大開的斷魂門和空空如也的巨大內室。

什麼都沒有了……大如山丘的存寶之地空了，她的心，她的眼，她的一切——都空了。

她木然看著空空的大石室，突然哈哈大笑……她還是輸給了這裡曾經堆積的金銀財寶！笑聲淒厲，連綿不絕。

為什麼爹能碰見娘這樣可以託付一切的伴侶，她不能呢？

為什麼愛的感覺這麼不可靠呢？

黑影一閃，小源心頭一凜，追到洞外看清果然是「滅凌宮主」。她慘白著臉，她要追上去問一問，到底為什麼！

第四十七章　無顏以對

小源身法出奇的快，因為追得太專心了，世界萬物都好像不在了，她的眼中只有滅凌宮主的身影。

他似乎有意把她引開，終於在峭壁邊停住身影，小源也追到了，她突然膽怯，不敢靠得太近，在幾步外就停住，失神地看著他。

山風撲面而來，髮絲被吹拂在臉上，有些癢，還有些疼，小源覺得自己整個人都被寒涼的山風吹透了。

「為什麼？告訴我為什麼？」她沒有哭，就像家園化為焦土的時候一樣，哭不出來。

滅凌宮主不說話，大概已經無話可說。

「誰背叛我，我都不在乎，可你不行！」她尖叫起來，突然怨恨了，無比怨恨。拔出劍來瘋了一樣刺向他，她也知道自己刺不中，但她只想發洩。

滅凌宮主閃身躲過，極小聲地說了句——

「夫人，我是電。」

小源一驚，手上的劍握不住，哐啷掉在地上，電也乘機與她擦肩逃走。

這一幕被有心人瞧見，江湖便有了滅凌宮主欺騙了蕭家後人的傳聞，讓滅凌宮主席捲寶藏遠逃變得更為可信。

小源愣愣地站了半天，才想明白一些頭緒，這時候伊淳峻不疾不徐地從山路上走了過來。她知道，剛才那一幕他躲在一旁早看清了。

他也沒靠近，冷冷地看著她。「妳最終，還是不信我是嗎？」

「淳峻……」她吶吶叫他，簡直不知道該怎麼解釋。

「跟我來！」他看也不看她，逕自轉身而行。

小源恐懼地跟著他，是的，恐懼，她深深地傷害了他！像他這麼驕傲的人，她的懷疑是至深的侮辱。

有些意外，他又把她帶回到藏寶的密室中。「妳看清楚！」他冷笑著說，從認識他，小源第一次看見他這樣的笑容，像受傷的惡魔。

伊淳峻從懷裡掏出月王印璽，眉頭都不蹙地咬破手指，好像咬的不是他自己。他咬得很重，血淋淋的手指伸進石壁上一個不起眼的小孔，轟轟的響聲過後，平坦的石壁上奇異地凹陷出一個月形凹槽，正好容納月王印璽。

嵌入印璽，小源不得不捂住耳朵，巨石移動的聲響讓她的五臟六腑都被震動了。

她目瞪口呆地望著眼前的一切……斷魂門打開後的石室，她已經覺得夠巨大了，原來只不過是藏寶石窟的外室。伊淳峻打開的石門後，是更巨大、更壯觀的真正山腹，是完全密閉的洞窟。借由外室穹頂照進來的光，她看清裡面如金海銀浪般的寶物金銀。

望著這些……她的腦子還是一片空白。看不見這驚人的寶藏，她還知道怨、知道恨。現在看見了，反而什麼情緒都沒有了。

「我沒有拿妳家的寶藏，曾經對我來說，有比這個更珍貴的東西。」

曾經？小源搖搖欲墜。

她木木地抬眼看他，他一臉冷峭。他看她的眼神……她終於體會了最深刻的心痛。

她捂住最疼的地方，心好像碎成了齏粉，她好疼，疼得全身都發了抖。嘴裡泛起的全是讓她想嘔吐的劇烈苦澀。

信與不信，愛與不愛……相隔不過一線！

伊淳峻冷笑著拿下凹槽裡的月王璽，巨大石門緩緩合攏，最後密閉得看不見一絲縫隙，渾然一體。

她沒再捂住耳朵，再大的震動、再響的聲音都好像影響不到她了。

「收好！」他把月王璽扔在她面前的地上。「裡面的東西我分文沒動，只是拿出擎天咒給了裴鈞武。這原本也不是妳蕭家的東西，就不用經過妳允許了。」他冷聲說。

小源終於倒在地上，用抖得不像話的雙臂支撐著自己，沒說話，也不敢抬頭看他，她怕看他冷冷的眼神，那會讓她的心更疼，疼得簡直要暈厥。

「既然妳是這麼看我的，我們就不必再在一起了。如果妳還覺得欠我一份情意，就把孩子生下來，到時候自會有人來抱走，不會拖累妳的。」

他……是在和她訣別嗎？

小源連抬起頭看他、求他原諒的勇氣都沒有。

「我走了。」他說，最後一個字已經是響在石階口的回音。

「伊……」她驚恐地抬起頭，徒勞地伸手，似乎想抓住他，卻只是看見他淡藍色的長衫下襬在墓口決然地一閃而逝。

他走了！她望著墓口他離去的地方。

支撐身體的力量頹然消失，她倒在冷硬的石地上，冰冷潮濕的是她的淚。她該怪誰？她只能怪自己！既然相信他，為什麼又會動搖呢？

選擇的那一瞬，她沒信他的愛情，那……她不也沒信她自己的愛情嗎？她恨他怨他，萬念俱灰的時候，她忘了堅定地愛他。

她在蔓延成一片水漬的眼淚中笑了，活該！失去他，失去他的愛，都是她活該，都是她自己的錯。

如果換作她是伊淳峻，也會選擇不再愛她了。他那麼深愛她，為她付出生命、武功、他所珍愛的一切，換來的，還是她的懷疑和不信任。

活該，真的活該！

閉合了墓門，她緊緊攥住手心裡的月王璽，彎彎的兩個尖角因為她的用力刺破了掌心。

她茫然地望著籠罩在黃昏裡的廣袤無垠，抬了抬腳，卻沒移動一步……她該去哪兒？

天下之大，失去了他……她便似乎無處可去。

她垂下眼，淚已經流乾了。看著已經沈下地平線一半的血紅太陽……她該去找他嗎？該去求他原諒，說她錯了、她還愛他嗎？

她苦澀地笑了，她說不出口。對他做了那樣的事以後，愛他、求他原諒，她都說不出口了。

她瞭解他，有點兒可笑，事到如今她才覺得自己瞭解他。他心高氣傲，也意志堅決，這回……她傷他太重，而他絕對不會原諒如此傷了他的人。

就算……他能原諒她，以後的歲月，他還能不能心無芥蒂地愛她？一想起這件事，他的心、她的心……都不可能再像從前那般坦蕩了。他們的愛已經碎了，再補……也有了裂痕。

小源閉上眼，仰起頭，深深吸氣。

這一生，她注定孤獨！

認命了，她認命了。

這寶藏沾染了太多血腥，積蓄了太多怨念——幾乎變成一個詛咒了。所有和它沾邊的人，都失去了幸福或者生命，爹和娘，黃小荷、裴鈞武、南宮、慕容……她認識的、不認識的，數不勝數，無窮無盡。最後是她。

在那堆沒有生命卻奪去無數生命的寶物前躺了那麼久，想了那麼久，她終於想明白了。默默背負詛咒就是她的命！她不該奢求任何事了，她的奢求，帶給別人的只能是傷害。

孩子……

她睜開眼，俯視著山下蜿蜒而過的嘉陵江，清澈的江水安靜地流淌著，如同她此刻的心情。大悲大痛過後，她的所有激情都被消耗殆盡，或許，這平靜無波的心情正是她所求的。愛和恨都太激烈，她再也承受不起了。

小源抿了抿嘴，緩步下山。天下之大，怎會沒有容身之處？她也是蕭家人，也該有蕭姬那樣的瀟灑。

想終結寶藏的詛咒，第一步……就是學會自己獨自生活。不難，過去的十幾年，她都是沒有他的。

她摸了一下臉，一愣，涼涼的真的是淚。她怎麼還會有淚？她又用力地擦了兩下，越擦越濕……乾脆放任眼睛自己流淚吧，畢竟失去他的痛，不會好得那麼容易。

去哪兒？

她仰望已經升起的天狼星……就去誰也找不到她的地方吧。

在她還不能停止流淚之前，誰也不想見。她需要一個完全陌生的地方……慢慢悔恨，慢慢遺忘。

小源在街角遠遠地望著前方並不顯眼的一處人家，她看了有一會兒了，只有幾個下人進出，很好，很隱蔽。她走上去要門房向主人通稟。

門房老頭有點疑惑地看著眼前這位三十多歲的婦人，盡力搜索著記憶，想不起老爺夫人有這麼一位親戚。小源淡笑著接受他的眼光。這些時日在竹海，竺師伯教她的可不只是武功，她的易容術雖然沒達到栩栩如生，卻也能做到毫無破綻，尤其她現在身材走樣，扮成中年婦人更是自然輕鬆。

「請通報一聲，蕭月求見。」說出這個名字，小源的心裡一陣惻然，這是娘曾經用過的化名，作為和夏家的聯絡暗語，囑咐她如有萬一可來投奔。如果沒有遇見師父，這裡便是她成長之地了吧？

門房進去通稟，不一會兒，她便看見夏國安和夏蘭激動的腳步都踉蹌地迎了出來。他們是蕭家最忠誠的僕人，夏蘭曾是娘的貼身丫鬟。

夏氏夫婦看見小源有些疑惑，小源摸了摸臉，抱歉地笑了一下。

夏氏夫婦對視一眼，心領神會小源的易容，蕭月這個名字足以讓他們深信來人的身分。

夏氏夫婦倒身要行大禮，被小源趕緊拉住，她看著他們搖了搖頭，示意別露了行藏。兩人連連點頭遵命，眼淚卻奔流下來。

小源一手一個拉了他們，這麼些年了，他們也老了。娘是個心思深遠的人，生下她以後就選了自己最信任的丫鬟和她丈夫帶著一筆錢到成都落腳，作為最隱密的最後退避之所，以備不時之需。沒想到娘的這個安排，現在真的幫了她的忙。

現在她的情況，不適合再孤身隱居，夏家是最合適不過的落腳點。

以夏老爺遠房親戚的身分，小源住下來，並沒引起任何人的懷疑，有生育了四個兒女的夏蘭照顧著，她也比較安心。不去想曾經發生過的任何事，她覺得蕭姬的方法也很適合她，她總是微笑。想念他的時候微笑，想不顧一切去找他的時候微笑，孩子會動了微笑，傷心悔恨的時候還微笑。

六個月……過去了。

小源站在屋簷下看飄然落下的雪，到處一片潔白。

他……也在同一片風雪之中嗎？他在幹什麼？也在看雪嗎？

她望著紛揚的雪幕微笑，她……好想他！

不知道……他也會想她嗎？

懷孕已經近八個月，因為足不出戶，又趕上冬天寒冷，夏蘭要她儘量多走動，不然孩子會很難生產。

初春雖然天氣還有些料峭，但陽光卻已經明媚起來。在夏蘭的鼓動下，小源決定和她一起上街為孩子挑選小衣服小被子的面料。

夏家位在人煙稠密之處，沒穿幾條小路就是商鋪林立的繁華街道。小源很長時間沒有出門，人聲市聲讓她感覺愉快輕鬆。

為孩子挑選衣料讓她的心情更好了些。在夏蘭的建議下，她們準備了小男娃和小女娃兩份。老闆還拿出了最上好的紅緞龍鳳料子，說用這個給孩子做包被喜慶吉利。看著夏蘭和丫鬟們跟夥計討價還價，扯布包捆，小源默默笑著……多想和伊淳峻一起為孩子做各種準備啊，將為父母的心情，他錯過了。

跟著出門的兩個小丫鬟，興致勃勃地請求去前面最有名的包子鋪買些帶回去吃。夏蘭見小源身體能夠支持，也希望她能多走動一會兒，便拉著她一起前往。

包子鋪的對面……小源愣愣地望著華麗雅致的招牌——「瑞蘭軒」。眾多女子出出進進，都喜笑顏開地拿著各種胭脂花粉，討論說笑，夥計們也迎來送往好不忙碌。這是屬於他的店鋪……

「去看看嗎？這是成都瑞蘭軒最大的鋪面，貨最齊全呢！」夏蘭見她目不轉睛地看著胭脂鋪，微微一笑，雖然小姐總是戴著易容面具，喜歡花粉胭脂還是女人的天性吧。小姐來這裡這麼長時間，雖然看過她的真面目，可從沒見她打扮過呢……那絕美的姿容打扮起來，不知會多迷醉人心，孩子的父親不知道會多喜愛這絕世容貌。

夏蘭輕嘆口氣，小姐從來沒說過關於孩子父親的事，這裡面……她也不好妄加猜測，但從小姐沈思時的溫柔眼神，她知道，小姐一定在想念孩子的父親。小姐和他很相愛吧？可為什麼沒在一起呢？難道……他死了？

「扶我進去。」

不容她多想，總是對什麼都不感興趣的小姐竟然說要去脂粉鋪子，夏蘭趕緊仔細攙扶著她繞開熙攘的人群。

「兩位夫人要買點什麼？」迎客的夥計殷勤地湊上來詢問。

小源易容後，看上去和夏蘭年紀相差無幾，夥計便努力兜售起駐顏的各種脂膏，夏蘭很快被吸引過去，兩個小丫鬟也興高采烈地在貨架上翻看詢問。小源卻充耳不聞地盯著牆上的一幅巨大掛畫發呆——上面畫的女子，分明是她！

她的眼有些濕潤了，落款是伊淳峻，上面題的字……她也認識。畫中的她，拿了一朵小小的雛菊巧笑倩兮，眉間唇角盡是俏美韻致。勾畫細膩的髮絲似乎在微風裡輕輕飛揚，每一縷都牽動著她的心緒。

能畫出這樣她的人……怎麼可能還恨她、生她氣呢？

「咦？這不是……」夏蘭順著她的眼光看去，忍不住叫了一聲，小源的面貌她這些天早已看熟，一下子就認了出來，小源連忙拉了一下她的衣袖。

只是這一聲低叫已經引起櫃檯後面一個老掌櫃的注意，他滿帶期望地繞過來，追問夏蘭。「這位夫人可見過畫上的人？」

「沒、沒……有。」夏蘭覷了覷小源的眼神，搖搖頭。「我只是覺得畫上的姑娘太漂亮了。」夏蘭心虛地解釋。

「喔。」老掌櫃有些失望，還不忘照例宣傳一下。「見過這位姑娘或者知其下落者，可終生免費在所有的瑞蘭軒挑選胭脂花粉。」

「啊？有這樣的好事？」小丫鬟覺得好笑。「那我隨便說見過她，沒憑沒據也能隨便拿貨？」

「唉，」老掌櫃無奈嘆氣。「只要說出在哪兒見過，就能隨便拿。」

小丫鬟驚奇地笑起來。「那你們不賠大了？她是誰啊？」小丫鬟抬手指著掛畫。

「我們老闆娘。」

小源和夏蘭都忍不住「噗哧」一笑，真沒想到年紀輕輕的小源會被人喊成老闆娘。笑過之後的滋味……小源鼻子一酸，竟然流下眼淚。怕人看見，趕緊用手絹按住臉頰，假意輕拂迷眼的灰塵。

伊淳峻……在找她嗎？

這種笨拙的找法一點都不像是他做得出來的，他……脾氣發完，一定是急壞了吧。

她又用手絹按眼睛了，這種心焦她體會得出——那就是思念。

天大的怨恨在一天一天又一天積累翻倍的思念面前，就蒼白黯淡了。

信任、誤會、失望，原諒還是不原諒……所有的所有，都比不上對他的想念。他也一樣吧？這麼多天來，他也在想她吧？

壓在她心上的千斤巨石瞬間消去，這段時間的痛楚不光是她自己一廂情願，他也同她一樣。

他一定想不到她隱居在最熱鬧的市井，想不到她的娘當年還留了這麼一步棋。神通廣大的伊公子，竟然落魄到要用這種笨法子找她——她似乎都可以想像得出，他惱恨又無奈的吃癟樣子。

雖然她錯了，可在月王塚他翻臉也太快了，說的話也太狠了。一點兒轉圜的餘地都不給她留，她連對不起都沒臉說出口。

夥計們一陣騷動，老掌櫃也顧不上再和她們說話，跑到鋪子門口，街上也一陣低譁。

小源聽見老掌櫃恭聲問候。「爺一路平安嗎？」

她的心一凜。

「嗯。」

那漠然的聲調，是他！

她臉色發白，還好今天出門也戴了面具，臃腫的身材也與過去大相逕庭，更像個肥碩的中年婦人。雖然她知道他在找她、在想她，可自己還沒準備好要和他見面呀。

「有消息嗎？」他冷聲問著，人已經走進來了。

他……瘦了。小源有些心疼。他瘦得連臉頰都微微凹陷下去，顯得俊俏的容貌更加冷酷堅毅。

夏蘭驚訝地盯著他看，掌櫃的叫他爺，那就是這鋪子的老闆了，她忍不住又看了看牆上的畫，難道……這就是孩子的爹?!

第四十八章　如此重逢

走過伊淳峻身邊時，小源覺得自己都快不能呼吸了。

有些詭異，他居然停住了身子，愣愣地站在那兒不動，眼睛淡淡地掃著牆上的大畫。

小源不敢走得太快，又怕自己顯得慌亂，幸好有沈穩的夏蘭攙扶著，強壓著自己越跳越快的心，與他擦肩而過。跟來的兩個小丫鬟就沒什麼深沈了，盯著他看了半晌忘記跟上主人，還紅了臉傻笑。

屏住呼吸在街上走出好遠，確定不在他耳目範圍之內，小源才重重地吐出一口氣。

他……還在成都？

兩個小丫鬟這才追上來，還是一臉的興奮。

夏蘭輕聲呵斥她們，眼睛卻偷偷撩了撩小源。

「夫人！」小丫鬟不服氣。「妳見過那麼漂亮的男子嗎？誰都會想多看兩眼的吧？」

小源垂下眼，聽見他被別的少女這麼誇，心裡有點酸，還有點甜。

回到夏家也無心吃飯，她隨便倒在床上默不吭聲，夏蘭也知趣的不讓任何人來打擾她。

真的見了面……她的心裡反倒一片茫然。想他，是件很簡單的事，真的面對他，卻很難。她不知道該怎麼辦，苦笑一下，也許只是一次無謂的遇見，她想得太多了。

有人敲門，是丫鬟來送晚飯。小源面對牆壁不甚關心地讓她們放下出去，她的心很亂，突然對任何事都很煩。想被他找到，又怕被他找到。想他，心疼他，還覺得沒臉見他。

才安靜了一會兒，又有人推門進來。

她有些惱，把臉埋在枕頭裡，孩子氣地捶著旁邊高堆的被子。「出去、出去！我不想吃！」

這麼多天來，她第一次無法控制自己的情緒……原本，她以為自己再不會有這麼煩亂的心情了。僅僅是無心的一次碰面，就把她的決心攪得一團亂。

胳膊一疼，被粗魯地揪起，她本能地抓住床欄，還沒等她發火，臉也熱辣辣一疼，面具被蠻橫扯落。

小源恨恨地劈出一掌也被輕鬆化解……接著她便看見了伊淳峻的眼睛。

她愣住了。

她從沒在他的眼睛裡看見這麼煩亂的眼神。

伊淳峻微微皺著眉，冷冷地瞪著她，嘴角卻微微抽動，揪著她胳膊的手勁漸漸鬆了。

小源坐直了身體，誰都沒有說話。

僵持了一會兒，伊淳峻猛然轉身甩門而去。小源愣愣地看著大開的門和門外空空的院子。

突然她也跳下床，一片混亂中只想到要逃。

逃什麼？不知道……

只是覺得自己被他發現了，像孩子不敢面對自己的錯誤，只想一逃了之。

慌慌張張地拎起貼身小包袱，她顧不上和夏蘭說一聲，快步跑向小門。不顧門邊下人的一臉驚駭，小源開門就走，卻一頭撞上擋路的人。她抬頭一瞪——又是他！他不是走了嗎？

伊淳峻冷著臉，一副凶相。不等她再有任何舉動，他一把摟住她，摟得那麼緊，她的肩背都被箍得發疼。可是……她發覺他的心跳得好快，他的身體也在微微的發著抖。

忘記掙扎，忘記一切……她被他的心跳、他的顫抖蠱惑了，她想念他的擁抱！她想他！

似乎他覺得被她發現了自己的異樣有些難堪，他又恨恨地推開她。這種既愛又恨、又憐又怨的心情……她太懂，她——何嘗不是如此呢？

狡黠的光在眼底微微一閃，她順著他推她的力道軟綿綿地往地上倒去，眼看要摔倒，他又怒不可遏地飛身抄起她，詛咒般喝了一聲。「小心！」

夏蘭得到消息，和丈夫火速趕來，看見一臉氣急敗壞的伊淳峻，她心裡有了數。

這個男人的表情再凶惡，他的眼睛卻出賣了他。他看小姐的眼神，他竭力掩飾的關切……在與小姐的角力中，他必輸無疑。她無須再問他們之間發生了什麼，天大的事在他們倆之間還是小夫妻的鬥氣。只要他們還相愛，哪還有什麼天大的事？

「鬆開小姐，這麼折騰會動胎氣。」夏蘭不客氣地說，故意冷著臉。

「少廢話！」伊淳峻根本不買帳。「我要帶她走，回頭再找你們算帳。」

一想起這麼多個月他找得快要吐血，就是他們把她藏起來，而且就藏在他眼皮子底下他就恨。

夏蘭偷偷給了小源一個眼色，這種事旁觀者清。別看這位爺在這兒橫眉怒目作威作福，其實只有吃癟的分。

小源心領神會，故意一白臉色，抱著肚子輕輕呻吟了一下，身體故意往下墜。

「怎麼了?!」伊淳峻果然慌了神色，緊緊抱起她。

「怎麼了？動胎氣了唄！快抱回去！」夏蘭翻著白眼。

伊淳峻咬牙切齒，卻只能順著她手指方向把小源再抱回房間。

夏國安默默看著，輕嘆了口氣。這位公子啊，自求多福吧！他自己的老婆自己知道，小姐……看起來也是個讓人心力憔悴的主兒，這一老一小再加上小姐肚子裡的孩子——這位公子還不得被活扒一層皮呀？

對不住啊，雖然同是男人，可他也得站在主人和老婆這一邊啊，不然下一個很慘的人肯定就是他了。

伊淳峻把小源放在床上，小源怕他又發脾氣，佯裝體力不支昏睡過去，伊淳峻默默看了會兒便離開了。過沒多久，蕭姬就找上門來，揚言要住在這裡看守小源，怕她再悶不吭聲地逃走。

夏蘭笑逐顏開地把忙忙碌碌的下人們支使過來支使過去，讓原本就已經一派熱鬧的後院顯得更加繁忙。

小源坐在鋪了厚厚墊子的椅子裡，一邊曬太陽一邊看下人們跑進跑出的為蕭姬收拾屋子。蕭姬坐在她身邊，樂不可支地說起這些天的經歷，小源默默地聽著，並不答話。

這些天，所有人都在找她……

「真沒想到，妳居然會在這裡。」蕭姬笑得直拍手。「說不定伊淳峻來來往往路過這門口多少次，一想起這個，他就能活活氣死！」

夏蘭在一邊聽見了也笑。

「不管怎樣，把我們小姐氣跑了就不對。」雖然不知道詳細內情，夫妻間小打小鬧還不都是一個套路？「找不到也活該，要不是這次偶然碰見了，孩子生下來也不見面！小姐都懷了孩子了，還惹她生氣，有這麼當相公、當爹的嗎？小姐，不要心軟。」

蕭姬抿著嘴笑。「這話是不錯。但小源，妳這回真是把小峻折騰得夠嗆，我都擔心他撐不到找著妳那天了。」

小源的心一酸，嘴卻微微一撇。「是他先撇下我走的，怎麼是我折騰他？」她無賴地說道。

「他的脾氣妳還不知道嗎？」蕭姬收了笑，看著她的眼睛說：「他是生妳氣，自己跑下山了。還沒等到天黑，他就開始坐立不安，對誰都凶神惡煞的。妳藍師伯也看明白了，他想去找妳，又拉不下臉，所以帶著小武上山找妳，結果妳已經跑沒影了。」

蕭姬嘆息地搖了搖頭。「剛開始他還假裝鎮靜，不過是讓他附近的人手都行動起來找妳，找了四、五天找不到，妳是沒見當時他那個樣子……」

小源鼻子也發了酸。

「後來實在找不到，他就用了那麼笨的法子。哪兒有人說見過妳，他就親自跑去。這半年妳是吃好睡好了，妳看看他瘦的。」

小源還想假裝無動於衷，眼淚卻一下子湧出來，不爭氣地流了滿臉。

蕭姬有些埋怨地看著她。「喲，喲，還知道心疼啊？也就剩他了，要是我，找到妳先狠揍一頓！」她說得倒是大義凜然，完全忘記剛才是誰笑得那麼幸災樂禍了。

夏蘭也用手絹擦眼睛，不怎麼服氣地說：「我們小姐也不好過啊……誰說她能吃好睡好啊？不也想著惦著嗎？」

小源一愣，夏蘭怎麼知道？她的心思……這麼明顯嗎？

「要我說，小峻生氣也應該。」蕭姬瞪起眼。「他是一萬個心眼兒，可對妳那的確是情真意切。妳好了，自己躲起來，就不想想他有多著急？老婆孩子就那麼消失了，他東奔西跑，著急上火……這半年裡他吃過一頓安生飯、睡過一夜安生覺嗎？妳要是真心愛他，怎麼能這麼狠心，硬生生躲了六個多月！這是老天爺可憐他，找著了。要是一直找不著，妳不是要他命嗎？這麼狠心的老婆，也該好好收拾！」她說得義憤填膺。

這回夏蘭沒說話了，嘆了口氣。

小源已經忍不住小聲抽泣起來，委屈又不甘心，她倒成罪人了。「他走得那麼乾脆，說了那麼狠的話，我怎麼知道他還惦記我、還找我?!說不定……他只是著急孩子。」

「小源！」蕭姬嚴肅地看著她。「如果這是氣話就罷了，妳要真這麼想，我可真要生妳氣了。真要為伊淳峻打抱不平，以後再也不理妳了！如果妳也像他想妳一樣想著他，妳真不能體會他這些天的心急如焚嗎？」

淚珠大顆大顆地滾落下來，她……懂的。

「好好治治他，那是以後的事。妳看妳，好不容易見面了，至少該好好哄哄他，讓他平了心裡那口怨氣，他對妳都喜歡到骨子裡了，妳就算只對他撒下嬌，估計他就把過去的事丟到九霄雲外去了。妳倒好，還繼續氣他，一句貼心的話都沒有。他就算再惦記妳，也要顧著面子，住在瑞蘭軒裡。妳就真不心疼嗎?他在那邊兒能睡好嗎?再這麼折騰下去，妳真想要他的小命嗎？」

小源垂著頭不吭聲。

夏國安恭敬地引著竺連城一行人走進後院。

蕭姬望見冷著臉走在最後的伊淳峻，偷偷掐了小源一把，衝她眨眼，使眼色。

小源抿著嘴，點了點頭。

藍延風瞪了一眼大模大樣坐在椅子裡的蕭姬，又轉過眼瞪已經垂著頭站起身的小源。

「李源兒！」他頭一次用長輩的口氣沈著聲說話。「妳知不知道大家這幾個月來多擔心妳啊！」

小源把頭垂得更低，點了點。

藍延風越說越氣，跨前幾步，用手指戳著小源低垂的額頭。「雖然妳還小，但也是當了人家老婆，又要當娘的人了，還這麼胡鬧！」

她胡鬧？小源的眼淚大顆大顆掉落下來。

竺連城有點不忍心，又覺得她也的確該說。「小源，下次不許了。身子……還好嗎？」

被他關切的一問，小源哭得更厲害了，肩膀都微微抽動。

「都得了啊！別惹她哭！」蕭姬靠在椅背上翻白眼。「伊淳峻，你老婆哭了呢！」

伊淳峻還站在最後邊，冷著臉哼了一聲。

小源邊哭邊偷偷看了他一眼，他還得理不饒人了……

裴鈞武扯著一臉氣惱的伊淳峻走到她面前。「小源，我們都被妳嚇壞了。」裴鈞武嘆了口氣，忽略了自己煩亂的心緒，這半年時間伊淳峻的異樣表現，讓他驚訝的同時也被感動了。

小源不見了，大家都很慌張，他怕伊淳峻誤會不敢表現得太明顯，暗自心急如焚，調動手下或孤身親往。心裡不淒涼是騙人的，小源已經成了別人的妻子，可看著伊淳峻這些天，簡直只能用驚惶來形容，哪有往日沈穩冷漠的半點樣子？伊淳峻愛小源的心，讓他甘拜下風，退出得心甘情願。

藍延風扒拉了一下蕭姬的胳膊。「留妳在這裡，別粗心大意的，再讓這個小壞丫頭跑了，伊淳峻非宰了妳不可。」

伊淳峻的臉狼狽地一紅，又冷哼了一聲。

「少說廢話！」蕭姬瞪他一眼，站起身來嚷嚷。「餓了，餓了！夏蘭中午吃什麼？」

夏國安趕緊答話。「廳上請。」引著大家往後廳去。

伊淳峻剛一轉身，袖子卻被小源一把拉住。她垂著小臉，卻抓得很準。伊淳峻冷著臉甩了甩胳膊，卻沒甩開她的手。

幾聲隱忍的悶笑，所有人都表情怪異地快步離開。

夏蘭邊走還邊吩咐丫鬟。「把小姐和伊公子的飯端過來。」

伊淳峻撇著嘴，臉卻微微的紅了。

小源拉他進房，他不吭聲，不怎麼情願地被她拉著，卻沒再掙開她的手。

小源關上房門，靠在門上幽幽看他，他撇著臉故意不理她，緊緊抿著嘴，氣哼哼地走過去，一屁股坐在床沿上繼續生他的氣。

她走過去，雙手捧起他的臉……他真是瘦太多了。眼淚忽地湧出眼眶，掉落在他瘦削的面頰上。他渾身一顫，回過眼來瞪她。

「知道錯了嗎?!」他恨聲質問。

她嗚咽著點了點頭，隨便他怎麼歪曲事實吧，她的心好疼。她的唇柔柔地撫上他的臉頰時，他的神色一黯，他還如何繼續生她的氣呢？雙臂一伸，把她抱坐在腿上，還是忍不住瞪她。「不許有下次！」

「嗯。」她柔順地點頭，把小臉靠在他的胸膛上，雙手攀著他的頸子。

「再有下次，一定廢妳武功！」他悻悻地說。「功夫高了有什麼好？就只會跑得那麼快。」

她帶著淚噗哧一笑。

第四十九章 淪落下風

在他的懷裡，望著他的眼睛……

小源眼睛一刺，淚水滑過面頰。「以後我們該怎麼辦？」

伊淳峻皺眉，漂亮的眸子一瞪。「什麼怎麼辦？」

小源推開他的手，緩緩站起身，望著窗外迎春花明豔的嫩黃，幽幽一嘆。「以後……你和我的心裡永遠會裂著這麼一道傷。這半年，我想你。」她坦白地承認。

伊淳峻的身體微微一震，靜靜地聽她繼續說。

「……想過去找你，可是，我們還能像以前一樣相愛嗎？還能像以前那麼相處嗎？」小源有些煩惱地閉起眼。「我們的愛有了瑕疵，有了裂痕。」

他沈默了一會兒，站起身，卻沒走過來。

用冷冷的語調就說了兩個字。「狗屁！」

她一愣，睜開眼，側過臉怔忡地看著他。

「我不管妳的心裡瑕疵不瑕疵、裂痕不裂痕！」他瞪著她。「這六個多月，我越來越明白一件事。妳信不信我，根本不重要，只要妳還在我身邊就好。」

小源吃驚地微微張開了嘴，有些顫抖，這話……是伊淳峻說出來的？

「在寒蒼山……妳不信我，」他皺眉，垂下眼，不想說，但又不能不說。「我的確是生氣了。」他抿了抿嘴角，隨即一掀雙眉。「當時拂袖而去，本想教訓妳一下，沒想到教訓了我自己。」他有些自嘲，有些懊惱。

「教訓我……？」她雙眼模糊，這些話本是她想說而沒勇氣說的。對！在愛或不愛面前，信或不信還重要嗎？

「對！」他虎著臉。「我本是想告訴妳，這輩子，妳要像相信自己一樣相信我。不信我的下場……就是失去我。」

小源看著他，吶吶無語。

「真不公平！」他抱怨。「妳不信我，可我……還是不能讓妳失去我。」

小源走過去輕輕摟住他，動作溫柔。「伊淳峻，我錯了，我不該懷疑你。你……還記恨我，還愛我嗎？」

伊淳峻頓了一下。「廢話！」他低叱了一聲，修長的手指緩緩抬起她的下巴，他的眼神似怨恨又似無奈。「我要是能不愛妳就好了，我可以瀟灑大方的一走了之，何必受這份活罪？」

小源噘嘴。「你要是不走得那麼快就好了，當時我的道歉都到了嘴邊了，都是你弄出了這麼多的事。」在他面前要無賴已經成為她的新習慣了。

伊淳峻冷哼。「現在想想，幸虧走得快。」他一正臉色。「這六個月的分別……李源兒，妳能沒有我嗎？」他鄭重地問。

小源看著他，剛想說什麼，他卻猛然捂住她的嘴。

「別說！氣死我的話，妳還是別說了。」他瞪她，一臉羞惱。「妳當然能，這半年躲得這麼安穩！妳怎麼樣我不管，這輩子，我是再也不會讓妳跑開半步。」

她的心一顫，卻很甜，拉下他的手，她直直看著他怒瞪著的眼。「這輩子……我再也不會離開你半步。而且，相信你，就像相信我自己。」

沈默……伊淳峻看著懷裡的她，小源仰望著摟著她的伊淳峻……再多的話，都比不上愛人動情的眼神。

良久，她回過神來，瞇著眼睛看他。

「其實我早就懷疑，你早料到我會去找你算帳，所以才故意讓假的滅凌宮主出現在我面前？」

伊淳峻抿了下嘴，明顯不想回答。「是妳小心眼。」

「看吧，看吧！」小源生氣。「你又騙我?!你不是發誓說再不騙我了嗎?!」

伊淳峻沈默了一會兒。「有嗎？」

「有！那天在瀑布上面，你對天發誓的。」

「……想起來了。我是說我再不成心騙妳，唉，我已經習慣了，寒蒼山這次是無心的。」他狡賴。

「你！」小源瞪他。

「行了，我已經受了這麼大的懲罰了。妳知不知道，光是外室的財寶我們就搬了兩天，累死我了，還換來妳那麼冷冷的看我。」他又委屈了。

「我錯了嘛，伊淳峻。」她撒嬌地扭一扭肩膀，想笑。「對了，你假意讓『滅凌宮主』帶著財物逃往西夏，江湖客們相信了嗎？」

「我們到蕭王墓的時候，那些人也互相殘殺得差不多了，就剩幾個比較有實力的人物和世家。慕容家居然又去了，之前裴鈞武還想著放慕容孝一馬呢，沒想到他和他爹為了搶錢那麼賣力。按我的脾氣早一殺了之了，結果裴鈞武又念及他們是後蜀遺族什麼的，只是廢了武功放走了。其他該死的也都收拾得很痛快，剩下的那些都是不足掛齒的小蝦米，留他們活口就是要他們去散佈消息的。別看他們武功差勁，傳播消息倒很出色，妳家寶藏被搶掠一空的事現在江湖人盡皆知，就連京城裡的皇上估計也扼腕嘆息，發了幾陣子脾氣了。」

「嗯。」小源獎勵地親親他的臉，果然他有了些得意之色。

「還還原地藏寶，是為了減少搬運途中被人發現的危險。而且大家都把那個地方踩爛了，也都親眼看見裡面空了，估計沒誰還有興趣去探究了。把斷魂門關閉，應該是萬無一失的。」

「你怎麼發現有內室的？而且你的血也能啟動機關呀？」小源十分疑惑。

「外室沒有擎天咒，而且連續兩晚，我都發現穹頂代表月亮和天狼星的孔照下來的月光都匯集在一點上，就是那個機關所在的洞孔，我就試了一下。其實啟動機關並不是非要蕭家人的血，我估計是要人血，濃稠度或者溫度夠了就能啟動。」

「你好不容易才令『滅凌宮主』聞名江湖，就這麼讓他攜寶潛逃，不是等於讓這個身分永遠銷聲匿跡，枉費之前那麼多心思嗎？」

「為了妳，有什麼辦法？」伊淳峻一副很吃虧的樣子瞪著眼。「知道滅凌宮主實為何人的不過是師門裡的這幾個，信得過，就因為已經有了名氣，所以他能捲走財寶才更可信了。那些追查不懈的人，一不知道長相，二不知道來歷，和高天競可不一樣，上天入地去也找不著，蕭家秘寶就等於永世消失了。」

「為什麼非要去西夏？」

「哼！說不記恨李元昊，那是騙騙傻乎乎的元動，不給他點苦頭，我不甘心。」

「你看！相信你會有多慘！」她乘機指責。

「哼！還有臉說，我騙誰也沒騙妳。」伊淳峻瞪她。

「你沒騙嗎？」小源看著他，抿嘴。

伊淳峻不吭聲。

「你再發誓，這輩子不管成心還是不成心，都不能再騙我了。」小源乘勝追擊。

「好，我發誓。」

小源瞇著眼，看伊淳峻伸出三隻手指，一臉不情願的信誓旦旦。

小源打量著他，好啊，他發誓再不騙她了，可沒要她不騙他，她怎麼也得禮尚往來，小坑小騙報報仇嘛！

凌晨，小源輕輕坐起身，看了看睡在床裡的伊淳峻。第一次，她起床沒有驚動他。他這人……就連睡覺都很警覺，可是昨天，他睡得像個孩子般放鬆。真的睡沈了，他還把頭偎向她的懷裡，像隻尋求溫暖的小獸般可愛。

忍不住撫摸他瘦削而俊美的面頰……怪不得蕭姫說這些天他累壞了。小源有些愛憐，她的撫摸也沒有弄醒他，她微笑了，真沒想到，疑心病重到骨髓裡的伊公子能在她的身邊睡得這麼沈、這麼安心。

相信他如同相信她自己……他也能一樣信任她吧。

走出房間，她暢快的呼吸春天溫暖的空氣，半年來終於又有了如此輕鬆的心情。又開了好些花，馥郁的香氣讓人渾身懶洋洋的。她深深呼吸，真想大笑幾聲。

「小源！」房間裡突然一聲略帶驚慌的大喊，嚇了她一跳，還沒回過神，伊淳峻已經從房間裡衝出來，看見她便一臉怒色地走過來緊緊摟住。

她愣愣地陷在他的懷抱中，傾聽他快速的心跳……倏地，她明白了，他睜眼沒看見她，以為她又跑了。

「傻瓜。」她想笑話他，卻鼻子一酸。

「以後不許比我早起床！」他無理地宣布，發現床邊空無一人的感受竟讓他發了慌，這個女人就是他人生的全部弱點。

「傻瓜……」淚水終於流下，又苦又甜。

他的手覆蓋在她便便的腹部，肚子裡的孩子突然一動，伊淳峻像被針刺到似的猛地抬起手。

小源回頭看他，他正一臉古怪的表情。

「動了？」沒當過爹的人有些驚訝地說。

「當然會動啦，都要生了。」小源又好氣又好笑地瞪他。

他還是一臉詭異地看著她的肚子，疑惑地瞇眼。

小源哼了一聲，抓過他的手再放在肚子上，胎兒似乎受到了壓力，反抗的動了動，伊淳峻眉目微微掀動，有些緊張還有些興奮。

「你這個做爹的人，半年來錯過了很多。」她有點兒惋惜。

伊淳峻一愣，久久無語。

「這回，我錯了。」他半晌說：「下回補上。」

她瞪他。「下回，什麼下回?!還想再拋下我一次嗎？就算有下回，也是我拋下你！」

他也瞪她。「休想！」

下午的時候，夏蘭和夏國安張著嘴，目瞪口呆地看著川流不息從大門送進來的各樣貨物。已經送了一上午，連街坊鄰居都轟動了，圍在夏家門口議論探看。

因為小源已經在夏家住習慣了，夏蘭夫婦照顧得又周到，雖然伊淳峻有心讓小源搬到他的別院去，但小源拒絕，他也沒太堅持。

蕭姬撇著嘴在旁邊笑。「伊淳峻，你不是瘋了吧？你老婆肚子裡只有一個孩子，你這是幹什麼？開育嬰堂啊？」

藍延風冷笑。「不就當回爹嗎？誰當不上似的。」

伊淳峻瞟了他一眼。「師父，下回也該輪到你了吧？」

藍延風翻白眼。「蕭姬，妳看見了吧？這小子太狂妄了，得好好教訓。妳怎麼樣？什麼時候讓我揚眉吐氣？」

竺連城搖頭苦笑。

「當爹就能讓你揚眉吐氣？」蕭姬驚訝地問。「那太好了，我準備讓你灰頭土臉一輩子。」

藍延風用眼神殺她。

蕭姬不以為然地瞟了他一眼，語重心長地說：「我這都是為你好。沒孩子，咱倆散夥的時候你可以走得瀟灑自在。要是真有了孩子……」蕭姬皺眉望了望天，似乎構想了一下未來。「藍延風藍大俠走到哪兒都拉拔一個孩子……」

「蕭姬！」

伊淳峻冷眼看著他倆吵嘴，不屑地冷哼。「幼稚！以後別對人家說你們是我師父師娘，丟不起那人！」

蕭姬不懷好意地盯著他。「丟人？」她一轉臉色。「小源……我的小源，妳在哪兒啊？」她學伊淳峻的口氣裝模作樣地呼喚著。

伊淳峻雙眼一閃凶光，死死瞪了她一眼，有些尷尬地瞥了瞥站在一邊的小源。她似乎沒聽見他們的話，一臉漠然地看著還在送來的物品。

裴鈞武站在她的身邊，他沒看她，不用看她，她的樣子已經深深刻入他的心版。對她的愛……就是默默祝福她，就是——遠離她，被她遺忘，他不要成為她的負擔，他的淡漠就是她的解脫。

「怎麼？不高興？」伊淳峻走到她身邊。

裴鈞武垂下眼，現在讓他心痛的不是她看伊淳峻的目光，而是伊淳峻看她的。能肆無忌憚地表現對她的愛，讓他羨慕。

「是因為孩子你才這麼在乎的吧？」小源冷冷看著伊淳峻。

伊淳峻一愣。

「如果我沒懷孩子，你是不是就不會這麼著急地找我，會拖幾年，好好『教訓』一下我啊？」小源發脾氣，轉身就走。

「妳！」伊淳峻氣狠狠地瞪眼，這都什麼和什麼？簡直無理取鬧。

夏蘭冷眼看著。「伊公子，孕婦就是這樣的，脾氣很大，也會莫名其妙就發火。你千萬別惹小姐，她總是高高興興的話，孩子也會好生些呢。」

小源氣呼呼地走路，不小心被地上胡亂堆的幾匹布料絆了一下，她故意順勢踉蹌——果然伊淳峻灰著臉，第一時間掠過來摟住她。

「你故意的！你故意的！」她已經嗚嗚哭起來，撒嬌的成分居多。「你故意弄這麼多東西來絆倒我！」

「妳……」伊淳峻爆青筋，又無可奈何，緩了緩臉色。「別哭了，別哭了……」他凶神惡煞地一回頭，命令道：「搬走，搬走！」

「我要回房間！」

「嗯——好！月王陛下！」他恨聲說，抱起她。

蕭姬搖了搖頭，突然爆發一陣大笑。「小狐狸完蛋了！甜頭吃完，全剩苦頭了。」

第五十章 瀟灑前行

小源肚子裡的孩子很體貼，知道大家都在翹首盼他降生，也沒讓大家等待太久，三天後小源就臨盆了。

伊淳峻咬牙切齒地在屋外的空場上來回走，臉色鐵青。

竺連城也皺著眉，還是壓下自己的擔心，安慰他道：「淳峻，不用擔心。有產婆和夏蘭，小源不會有事的。」

房間裡又傳出一陣小源的哭叫，伊淳峻一冷臉，抬腿就往屋裡闖。

夏蘭滿頭是汗的一轉臉，看見他闖進來，趕緊揮手。「出去、出去！男人不能進來。」

伊淳峻看也不看地推開她，衝到床邊。小源向他伸出手，他趕緊半跪在床前緊緊握住。

「很疼嗎？很疼嗎？」他的額頭也冒出點點冷汗。

小源躺在床上，因為疼痛微微扭動著身子，俏美的小臉滿是汗水和淚水，她難受又委屈的哭著。「孩子……是我們兩個人的，為什麼就我疼！我恨死你了，恨死你了……」

伊淳峻眉頭揪起，臉色慘白。「對不起……對不起……下次不生了！不生了！」他恨恨地說。

屋裡的蕭姬和夏蘭忍不住一笑。

的。

產婆蹭過來掀起被子，往小源腿間摸索。

「妳幹什麼?!」伊淳峻暴喝一聲，嚇得產婆狼狽一摔，撞上床欄。

蕭姮又好笑又好氣。「趕緊出去吧，你簡直是來搗亂的。」

伊淳峻沈著臉，瞪了產婆一眼，嚇得她縮在小源腳邊不敢動。

又是一陣新的陣痛，小源哭起來，用力捏他的手，好像要把她的疼痛轉移到他的手上似的。

「伊淳峻……我好疼……我好疼……」她呻吟著，淚水一波一波的湧出來。

「我……我……」伊淳峻一臉惶急。「我該怎麼辦？」

夏蘭也顧不上別的，上來推開他。「我說少爺，你別在這兒礙手礙腳了。快、快，看看怎麼樣了！」她招呼縮在一邊的產婆。

伊淳峻慌亂中竟被她推了一踉蹌，愣愣地看著在床上哭泣的小源不知如何是好。

夏蘭擦了擦額頭的汗。「小姐，妳別慌，孩子已經快出來了，妳先叫伊公子出去，然後專心把孩子往外推。」

小源抽泣著點點頭，也不想讓伊淳峻看見自己這麼狼狽的樣子，抬起淚眼可憐兮兮地看著他，這眼神讓伊淳峻的心都被撕裂了。

「行了、行了！趕緊滾出去！」屋裡唯一的閒人蕭姮像轟蒼蠅一樣把他轟到屋外。

男人們都坐在院子裡，看他出來表情各異。

藍延風搖頭看著他，沒想到伊淳峻竟然會有這麼惶急脆弱的表情。想諷刺他幾句吧，看他失魂落魄的樣子終於忍住話，笑了笑。

「放心吧，哪個女人不生孩子啊？不用這麼擔心。」他拍了拍伊淳峻的肩膀。

伊淳峻緊皺著眉，沒有反應。

又是一聲小源痛極的尖叫，伊淳峻又想往屋裡衝，被裴鈞武拉住。

「你幫不上忙的，耐心地等吧。」

「啊——伊淳峻，我真恨死你了！」

聽了小源的哭喊，門外的人除了伊淳峻都忍不住苦笑。

孩子的哭聲傳出來，小源的哭喊終於停了。

伊淳峻大口喘著氣，好像剛從水裡浮出來的人一般，胸前背後的衣服都被冷汗濕透了。

屋裡一陣響動，蕭姬滿臉驚恐地跑出來。「不好了、不好了！小源不行了，伊淳峻快來見她最後一面。」

藍延風倒吸一口氣，剛想和竺連城一起進去看看如何施救，卻在蕭姬的眼睛裡看見一絲狡黠的神色。

伊淳峻發出淒厲的低吼，瘋了一樣衝進房間。

藍延風臉色一變。「不好，要出事！」如果這真是蕭姬的惡作劇，那她可真要闖下大禍了。

裴鈞武也變了神色，飛身衝進屋裡。

伊淳峻的雙眼充了血，床上的小源臉色慘白，頭髮被汗水浸濕，黏在美麗的頰邊。那雙讓他沈醉的眼睛緊緊閉著，長長的睫毛上還掛著沒有滴落的細細淚珠。

「小源……」渾身的力量好像瞬間消失了，走到床邊好像耗盡了他全部的氣力。「小源……」他低低地呼喚著她，這名字在他心裡，在他生命裡。

可是……她像一個頹敗的漂亮娃娃，無聲無息地躺在那裡。任他呼喚得多麼動情，她也再不會回應他，睜開那漂亮的眼眸又愛又怨地看他了。

這短短的一生，他欠她太多。

他還沒來得及還她。

嬰兒的哭泣聲讓他冷寂的眼神閃動了一下，他轉過眼來看夏蘭懷裡抱著的小小嬰孩。

夏蘭被他的眼神嚇得一顫。

伊淳峻看見的不是自己的孩子，不是甫降人世的小小生命，而是奪去他愛妻的孽障。這茫茫人間，他誰也不要，他就要小源。誰害他失去她，誰就是他的死敵！

他飛步上前，一把抓過夏蘭懷裡的襁褓，狠狠往地上摔去。

死！他恨得要死！

所有人都驚聲尖叫，心都被嚇得裂開了。

就在嬰兒將要落地的瞬間，被隨後趕來的裴鈞武堪堪抄在懷裡。

屋裡一片死寂，誰都說不出一句話。

裴鈞武的心裡一片空白，伊淳峻竟然要摔死自己的孩子，只因她為生產而死?!

他一直以為自己已經知道伊淳峻愛小源有多深，現在才明白那是無窮無底的。如果他也能這樣深愛著小源，就不會有那麼多顧忌，也會像伊淳峻一樣，這世間的一切都只圍繞著小源運行。

他輸了，今天徹底輸得心服口服。他不是輸給命運，是輸給自己。

奇異的，懷裡的嬰兒停止哭泣，安穩睡去。尚未睜開眼睛的皺皺小臉，時不時磨蹭他的胸膛，好似尋求他身體的溫暖。

這種感受……裴鈞武茫然了。

「怎麼這麼吵？」床上的「屍體」哼了幾聲，不怎麼高興地虛弱斥責。

伊淳峻愣住，不敢抱太大希望地仔細看著，她……動了，皺眉了，還在呼吸！

小源是活著的！他的小源還活著……她疲倦的星眸有些迷茫地睜開了，在他眼裡比任何時候都美、都亮。只要這雙眼睛還能看向他，今生今世，他別無所求。

「小源……」他撲過去抱住她，突然哭了。

因為生產而疲憊睡去，她並不知道發生了什麼，只是被混亂的尖叫吵醒了。她驚恐地被他抱在懷裡，伊淳峻哭了，渾身顫抖，難道……

小源一聲慘叫。「我們的孩子……死了嗎？」

「嗯？」伊淳峻飛快地擦了下眼睛，為了掩飾狼狽，他沈沈地繃著臉。

「孩子……孩子……」小源又慌亂地哭起來了。

「在這裡，已經睡了。」裴鈞武趕緊把孩子抱上前，遞在她手上。

小源這才放下心，有點奇怪的看著伊淳峻，孩子好好的那他剛才哭個什麼勁？

「是個女兒呢！」她驕傲地看著他。

「哼！」伊淳峻還是有些狼狽，瞟了眼孩子，又有些愧疚，他剛才是太衝動了。「長得真醜。」他悻悻地說，還好，還好……他還是個幸福的男人。

「哪兒醜？」回過魂的夏蘭走過來。「你們不會看，這是我見過最漂亮的小女娃，將來呀……一定是個絕世大美人兒。」

「美不美跟我也沒關係，遲早是要嫁人的。」伊淳峻還嘴硬，但他看裴鈞武的眼神滿是感激，如果剛才不是裴鈞武，那現在……他簡直不敢設想。

蕭姬撫著心口，這溫馨的場面讓她這才有些緩過神來，臉色仍舊慘白。她垂著肩膀，渾身無力，這個玩笑她開得太過分，也太危險了。她真沒想到伊淳峻會有這麼激烈的反應，如果不是裴鈞武，她真是罪孽深重了。

蕭姬無心撞上了藍延風冷冷的眼神，原本滿心悔愧，可見他用這樣譴責的眼光漠然看著，心裡頓時一疼。她是做錯了，他也不必這樣吧？她也嚇壞了，也後悔了，他不用再雪上加霜吧？

「為什麼開這種玩笑？」藍延風冷聲質問。

一屋子人都看過來，眼神裡都帶著責備，伊淳峻的臉色尤其冷漠。

蕭姬沒有說話，她當然知道是自己錯了。

啪！

蕭姬臉上一辣，竟挨了藍延風一個耳光。

「妳險些釀成慘禍！」藍延風恨聲說。

知道他只是為了教訓她，不然就他的一掌，她還有命嗎？可是……她的心還是好疼。這一巴掌不像是打在臉上，倒像是打在心上。

「算了。」伊淳峻皺了下眉，沒想到師父會當眾打了蕭姬。他看師父滿臉的怒色……師父，應該是很在乎蕭姬，所以才會對她格外苛責吧。

可是……蕭姬能明白師父這個彆扭的表達嗎？

幾天後，拓跋寒韻被伊淳峻派來的人領到夏家，她聽說小源要生了，日夜兼程地趕來。

在廳裡等候伊淳峻的時候，拓跋寒韻心裡還是暗暗嘆氣，雖然已經感慨一路了，此時就要見面心情還是很複雜。小源在她三個徒弟中算是心眼多的了，長得也最好看，之前就覺得她一定會找個出色的夫婿，可小源找的這個……

正胡思亂想，一個人走進來，拓跋寒韻以為伊淳峻來了，沒想到是竺連城。

拓跋寒韻一時愣住了，竺連城也怔忡看她……十幾年了，當初師兄妹四人一起在山上和師父學武的情景，一旦想起來恍若昨日。

「竺師兄……」拓跋寒韻苦澀地笑了笑。「你沒變。」一點也沒變，還是那麼俊美沈靜，甚至……他沒老。他看她的眼神也沒變，有點寵愛，有點責備，永遠不熾烈。這個男人，不會有熾烈的眼神，就算他看李菊心的時候也罷，他只是一罈陳酒，而不是一簇火焰。

「妳也沒變。」竺連城淡淡一笑。「是來看小源和孩子的嗎？」

拓跋寒韻抿了下嘴。「不全是。先帶我去看看她們吧。」她雀躍起來，生氣勃勃的眼睛讓竺連城一下子又看到少女時代的她，的確，她也沒變。

剛向後院走，迎面來了藍延風。

「藍師兄！」拓跋寒韻喜笑顏開撲過去拉他的胳膊。

藍延風也拉住她，故意仔細看了看她，揶揄說：「早讓妳好好練功，又不聽話，看看，老得多快呀！」

拓跋寒韻瞪了他一眼，不高興了。「你還像小夥子又怎麼樣，還不是老光棍一條?!」

竺連城一笑，搖搖頭。當初這師兄妹倆就愛抬槓，見面還這樣。

蕭姬冷著臉走過，看都沒看他們三個人一眼，自從藍延風打了她，她就再沒和他說一句話。

看清悠悠走過的人影是誰，拓跋寒韻一冷臉收了笑。「是妳?!」

蕭姬停住腳步，瞇起眼同樣冷漠地回看著她，說起舊恨，似乎還有那麼一點兒，可是這麼多年了，拓跋寒韻還記得？

藍延風不悅地抿緊嘴角，蕭姬這幾天故意忽視他，難道不是她的錯嗎？她還等著他賠禮道歉不成?!

拓跋寒韻的火氣撞上來，一把推開藍延風，他也並沒有阻攔的意思，任由拓跋寒韻氣哼哼地向蕭姬走近。「沒想到我居然在這兒碰見妳！」拓跋寒韻冷笑。「妳我還互相欠著一條命呢！」

蕭姬嘲弄地看著她，十分不屑地笑。「以前沒發現，妳竟然是這麼好笑的一個人！妳的心上人蕭鳴宇都死了，死了還和他摯愛的人埋在一起，妳找我拚命？」

拓跋寒韻臉色發白，嘴唇氣得直哆嗦。

蕭姬看著她，暗暗發笑，果然是氣死師父的笨蛋，連吵架都不行。

「妳怕是還不知道吧？」蕭姬掩嘴嬌笑，作足表情。「妳『精心教導』的好徒弟李源兒就是我的侄女。」

拓跋寒韻一臉驚恐地倒退了一步，表情凶惡地盯著她看，卻一句話都說不出來。

「哈哈，拓跋公主，妳竟然養育了李菊心和蕭鳴宇的女兒整整十年啊！」蕭姬哈哈笑，變本加厲地氣她。「蕭家人都感謝妳。」

「妳！妳！」拓跋寒韻被她氣得渾身哆嗦，好不容易反攻道：「妖怪！愛上自己弟弟的妖怪！」

蕭姬愣了一下，笑容轉冷，她妖媚地挑起眉毛。「是啊，至少我和蕭鳴宇相愛過。妳呢？廢物！我以為我離開以後，也該輪到妳了吧？沒想到肥肉到了嘴邊還是被李菊心搶走了。自己難受了十幾年又想起找我拚命，妳真有趣。」

與蕭鳴宇的過往的確是蕭姬心底的軟肋，自己提起覺得辛酸，別人提起就十分惱恨，尤其這個「別人」是拓跋寒韻，出口自然更加刻薄。

「蕭姬！」見拓跋寒韻的臉色都變了，竺連城忍不住喝了一聲，自己的師妹自己知道，功夫不行，吵架更不行。雖然過去的事的確怪不到蕭姬，但拓跋寒韻剛到，鬧得不可收拾自然不成。

「我殺了妳！」拓跋寒韻瘋了一樣撲向蕭姬。

蕭姬笑不可抑地和她過著招，嘴裡也不閒著。「竺大哥，我現在真明白為什麼秦師父能活活氣死了，這還叫武功嗎？拓跋妹妹，妳真是秦初一的徒弟嗎？」

拓跋寒韻氣瘋了，下手又狠又快，蕭姬也有些吃力。

「亂倫的臭妖怪！妳還找了其他男人?!」慢慢占了上風的拓跋寒韻也分出心來譏嘲她。

「找一萬個男人也沒用，妳心裡永遠只有蕭鳴宇，那個世間妳唯一愛不得的男人！」

蕭姬一愣，眼睛裡閃出了凶光，拓跋寒韻的這一刀又狠又準，正中她心底的隱痛。原本她並不想傷了拓跋寒韻，可是現在……她提起九成內力，不死也要讓拓跋寒韻躺半年。

「別傷我師妹！」看她要出狠招，藍延風掠步上前，擋在拓跋寒韻身前，冷著臉一揮手，逼得蕭姬後退了一步。

騰出空來的拓跋寒韻見機，從藍延風身後十足十地發了一掌，掌風「砰」地正擊在蕭姬的胸口。

「寒韻！」竺連城低喝，誰都沒想到拓跋寒韻竟然不留餘地。

藍延風要阻止也晚了，伸手想去扶，卻被蕭姬厭惡地冷眼一瞪，頓住了身子，僵僵地站在她和拓跋寒韻中間。

蕭姬擦了擦嘴角的血，幸好拓跋寒韻的功夫低微，傷是傷了，並不致命。她笑著站起身，眼神譏誚地越過藍延風瞟著他身後的拓跋寒韻。「打架果然還是人多好呀！」

藍延風皺著眉頭，沒說話。

「拓跋，打架妳贏；找男人，我贏！蕭鳴宇愛過我，高天競愛過我。哼哼，只要我想，還有很多男人愛我。你們師兄妹好好團聚，我嘛……」她媚媚一笑。「要去找個不愛李菊心的男人，普天之下總該有吧！」

她頭也不回地向外就走。

「蕭姬！」望著她的背影，藍延風忍無可忍地大吼一聲。

她連腳步都沒放緩，只抬手揮了揮。「藍延風，咱倆散夥的時候終於到了。好好的愛你的李師妹吧！」

「蕭姬！妳給我站住！」

她走出了二門。

「蕭姬！只要妳站住……我娶妳！」

她走出了大門，居然還哈哈大笑起來。

「藍延風，你該明白什麼叫散夥吧?!你娶我？不稀罕。」

第五十一章 幸福方向

拓跋寒韻張了幾次嘴都沒說出話來，蕭姬和藍師兄好上了？自己都幹了什麼啊？藍師兄好不容易又接受了其他女人，被她這麼一鬧……

拓跋寒韻怯怯地看竺連城，希望他能出面說句話。

竺連城責備地看了一眼，還是飛身上前攔住了蕭姬。「今天的事，都是賭氣，蕭姬，就算看在小源和淳峻的分兒上，妳也不能走啊。」

蕭姬看了他一眼，沒了往日的親切。「小源和孩子都好好的，又有伊淳峻那麼精心照顧著，我本來也想這兩天走的。」

竺連城嘆氣。「妳不能就這麼走了，不然藍師弟心裡……」他又看了看還站在院子裡的藍延風。

藍延風的臉色不好看，卻沒有追上來。

蕭姬聽了聽，沒聽到藍延風的動靜，笑笑，他可是連李菊心都不肯遷就，更何況她了。「再見啦。」她沒有提名字。

「蕭姬……藍師弟對妳……」竺連城有點兒著急，又不是少年男女了，這兩人何必賭氣分開呢？

蕭姬打斷了他的話。「竺大哥，謝謝你的好意，但我已經很明白了。如果真喜歡一個女人，是無論如何都不會打她的。」

藍延風聽了這話，轉頭就走進內院去了。

竺連城焦急地看著，師弟怎麼這時候發了倔呢?!

蕭姬面色不改，向竺連城揮了揮手，頭也不回地走了。

拓跋寒韻苦惱地走到竺連城身邊。「師兄，我是不是又闖禍了？」

竺連城嘆了口氣。「算了，先去看小源吧。他們的事，只能靠他們自己解決了。」

拓跋寒韻點頭，跟著竺連城進去，小源看見師父十分激動，沒想到她會趕來。

拓跋寒韻瞥了瞥坐在床邊的伊淳峻，因為被他的人事前囑咐過不要提前說明，拓跋寒韻只是支支吾吾地敷衍了小源幾句，讓她好好休息就出來了，當著這個後輩，她竟然有點點的發怵。

春天的夜晚，即使連月色都是朦朧的，溫暖的柔風，好像也把人的思緒吹拂向愛人的身邊。

小源在黑暗裡幽幽嘆了口氣。

身邊躺著的伊淳峻伸過手，輕輕撫了撫她絲緞般的長髮，他自然知道她的心思。

「不必擔心，蕭姊姊的行蹤，我的人跟著呢。」

小源皺眉。「我不是擔心藍師伯找不到蕭姊姊，而是擔心他根本不去找。蕭姊姊——實在是個可憐的女人。」

伊淳峻也輕嘆了一口氣。「師父去不去找，只能看他自己的心意。如果他是因為我們勸他、逼他去，才找回蕭姊姊，那還有什麼意義？蕭姊姊要的也不是這樣的愛情。」

小源點頭不語。

久久她說：「當年藍師伯就是因為他的性子才錯過了娘。這次……希望他別錯過了姑姑。」

伊淳峻摟過她，讓她把頭偎在他的肩窩裡。「別再煩惱了，師父和蕭姊姊必須各自跨過心裡的那道坎兒，不然即使勉強在一起也是枉然。好了，小源，我不要妳再愁眉苦臉。等妳坐完月子，我要帶妳去個有意思的地方。」

小源摟住他的脖子，微笑了。「我很好奇。我知道師父這次來和你有關，她說是你派人找她來的，可你怎麼能召得動她呢？她又不告訴我到底是什麼事。」

「好事。想給妳個驚喜。」

「什麼好事？說嘛，說嘛。」她撒嬌。

伊淳峻嘿嘿笑了幾聲。「為了找妳，我虧了不少錢，所以又接了筆大買賣。這筆買賣也和西夏有關，所以拓跋師叔來了。」

小源噘嘴。「我聽不出來這裡面會有我什麼驚喜。」

「聽出來那還叫驚喜嗎?!快睡吧！」

「究竟要去哪兒？」

伊淳峻笑笑。「跟著我就好。」

夏蘭仔細地替小源梳著頭，驚嘆地為她綰上伊淳峻送來的寶石頭飾，只簡單的三樣，極為小巧精緻，形狀相互映襯，價值不菲卻不俗麗張揚。

她嘖嘖稱奇。「伊公子真是好眼光，只這三件，恐怕戴進皇宮，皇后娘娘都要羨慕的。」

小源一笑。「我嫁了一個有錢相公呢！」

夏蘭呵呵笑。「伊公子到底有多少錢啊？看他為您做的這些衣物，一件就要頂普通人家一年的花用。他要帶您去什麼地方啊？要穿得這麼華麗？」

小源搖了搖頭，恨恨地說：「他不告訴我，就愛賣關子！只說是去看生意。」

小源走出房間的時候，院子裡所有人都呆呆地看著她，盛裝的她，比天上的仙女還要美麗。

伊淳峻微笑地摟過她，也直直地看著她。「這才是我的月王陛下。」

小源不放心地囑咐裴鈞武。「鈞武，一定幫我帶好雲瞬啊。」雖然有乳母跟著，他再細心也是個沒當過爹的人，伊淳峻的這個決定她雖然贊成，心裡還是忐忑的。

伊淳峻說旅途中不便帶著孩子，就讓風雨雷電以及乳母跟著裴鈞武，讓他先把雲瞬帶回竹海。

私下裡伊淳峻也對小源說起，裴鈞武如今孤單一人，容易感到淒涼，有個孩子分分他的心，對他也是種安慰。等他們處理完亟需解決的事情，再去竹海接雲瞬。

小源覺得他說的有道理，心裡不捨也答應下來。

伊淳峻一揮手，下人牽過一匹皮毛純白的馬，配著五彩環轡，如仙人坐騎。他親自扶她上了馬，自己也飛身上了一匹同樣耀眼的純黑駿馬，拉過馬頭與她並騎。

「可以出發了。」他意氣風發地一笑，黑髮在春風中飄動，美麗至極。

兩人辭別了眾人，一路並肩馳騁，如神仙眷侶。

「我們去哪兒？現在能說了吧？」小源瞪他，都這時候了還瞞著。

伊淳峻哈哈笑。「澶州！」

一路遊山玩水，小源精神奕奕，有伊淳峻相伴，天地再大，到處也是幸福甜蜜。

爬上前面的高土坡就能看見澶州城了，伊淳峻突然拉馬不前，小源也拉住韁繩，回頭看他。

他一笑，揚鞭飛騎跑上坡頂，俯望著她。天地之間，她只看見了他。

他在馬上張開雙臂，仰望清澈藍天，呼嘯聲響徹寰宇。「今——生——今——世——我——要——和——妳——在——一——起——」

小源的眼睛被淚水模糊了，也催馬上坡——她愣住了，澶州城外聚集了萬千人馬，她細看，竟有三國的旌旗。不只如此，竟還有兩副皇帝儀仗，是遼國和大宋的皇帝?!

對了，宋遼在這裡和談休戰。

西夏的隊伍率先迎接過來，為首的竟然是元動。他高舉著西夏王的旨意，身後的隨從們捧著公主的全套衣裝，再後面就是公主的儀仗。

元動跑近，一臉笑容，卻不怎麼是滋味地瞪了伊淳峻一眼。

伊淳峻撇嘴一笑。「小元動，該怎麼叫我呀？」

元動果然臉色更臭，氣呼呼又無可奈何地一抱拳。「姑父大人萬安——」

姑父?! 小源一驚。

伊淳峻哈哈大笑。「乖侄兒，回頭姑父給你包個大紅包，快來見過你小姑姑。」

元動彆扭了一會兒，突然雙眉一展，大大方方地向小源一笑。「小姑姑萬安。」

小源愣愣地看著他，一片茫然。

元動摸了摸鼻子，笑起來。「小源，我父王已經下旨收妳為義妹，加封為華月公主，妳成我姑姑了。」

伊淳峻下馬，抱著一臉駭然的小源也下來。「這才是拓跋師叔的真正來意，她是西夏的特使。」

隨從們一哄而上，為小源戴上公主的金冠，披上公主的華袍。

小源瞪著大眼，吶吶無語。

大宋和大遼的兩副皇帝儀仗也迎過來了。

趙恆不怎麼是滋味地下了馬，跟在一臉歡喜的耶律隆緒身後走向倨傲站在坡頂的伊淳峻。

「小叔叔。」耶律隆緒笑著一打躬。「最近可安好？」

伊淳峻一挑嘴角。「乖。」

耶律隆緒閃目仔細看他身後的小源。「大宋果然美女如雲，趙兄弟，你也要為我找一個像我小嬸娘這麼漂亮的姑娘送來上京。」

趙恆一臉悻悻，認了耶律隆緒這麼個兄弟就夠窩火了，沒想到耶律隆緒還有這麼個年輕的小叔叔！他見禮也不是，不見禮也不是，一肚子黃連。幸好耶律隆緒把話題岔到美女上，趕緊乾笑兩聲說：「如此天仙絕色，實在世間難尋，兄弟就不要為難朕了。」

耶律隆緒有點失望，苦著臉揶揄地問：「小叔叔，你還有沒有這麼美貌的小姨子、大姨子啦？」

伊淳峻有些得意。「這天底下還有比我妻子更美麗的人嗎？」

耶律隆緒撇撇嘴。「快帶給母后看吧，她也盼著呢！」

伊淳峻拉起小源的手，俯下頭來在她耳邊小聲地說：「這就是我最後的秘密，其實我的名字是耶律淳峻，是大遼景宗耶律賢最小的弟弟。」

小源瞪著他。「真是最後的秘密了？」

他一笑。「暫時是的。」

攜手走過跟隨趙恆來的一個老者身邊，耶律淳峻停下腳步。「我『委託』你辦的事如何了？」

老者賠笑著說：「已然妥貼。我還特意派遣皇室的能工巧匠特意翻修了杭公子夫婦的墓。」

耶律淳峻淡笑。「有勞太師了。」

老者微微躬身。「不敢，不敢。」

走過他身邊，小源忍不住小聲問他。「那是誰？」

他一笑。「大宋皇帝的老丈人，潘太師。我那塊牌子就是他給的。」

小源疑惑。「他怎麼會幫你？」

「傻瓜，錢能通神嘛，更何況一個糟老頭子。」

蕭太后端坐在步輦上，笑咪咪地端詳小源，看得小源有些不好意思。蕭太后四十多歲，耶律淳峻見她並不行禮，反而下人還抬過椅子來為他和小源設了座。

「淳峻，你媳婦兒可真漂亮，這趟中原之行，你真是滿載而歸啊。」她頗為爽朗地笑起來。

耶律淳峻也笑了。「嫂子，妳交代我的事我樣樣做到，我交代的事呢？」

蕭太后愛責地瞪了他一眼。「嫂子什麼時候讓你失望過？和談裡特意設了在邊境開辦榷場一項，我也下了旨，全權由我們遼國的楚王殿下耶律淳峻負責管理。這下，小叔子，你可真成了名副其實的大遼財神了。」

耶律淳峻呵呵一笑，向小源挑了下眉。「這生意夠大吧？我要賺更多的錢養活妳呢！」

小源一笑。「嗯。」

原來他是大遼的楚王，那之前的一切疑慮都迎刃而解了。之前宋遼苦戰，很多江湖人士投效軍中，雖然不乏汪廣海這樣的草包，也有不少能人志士，讓遼國頗為頭疼。所以楚王殿下就粉墨登場了，先是高天競後是武林大會，把江湖客的注意力都吸引走了，怪不得他會那麼厭恨汪廣海了。

「嫂子，你們繼續談著，我要帶著愛妻先走了。」

耶律淳峻扶起小源。「我的公主，我的王妃，為妳開鑿的瀑布也已經完成了，這就看看去？」

小源笑起來，點頭。

下人牽來馬，他抱她上馬，隨後也上了自己的馬，引領著小源向北馳去，把那一大群人遠遠甩開。

他用鞭子一指。「月王陛下——我們回家！」

小源用力點頭，策馬奔往他指的方向，她大聲笑起來，對，那就是幸福的方向！

——全書完

六歲的她失去人人稱羨的一切；

十六歲的她只想成為頂尖的高手，

因為唯有如此，她才有能力去弄明白一切真相……

娘說平凡是幸福。這話她懂得太晚！

而身為蕭家之後，她永遠平凡不了……

這次雪靈之

不挑虐戀的路走，但深情還在。

在情路峰迴路轉之中，

愛是唯一指引向幸福圓滿的途徑!!

拈花笑

文創風 027　2之1〈招蜂引蝶為哪樁？〉

她的娘，是江湖第一美人，她的爹是「後蜀皇族」，
而他們蕭家所擁有的家傳寶藏，覬覦者不計其數。
人人都羨慕她蕭菊源是蕭家女兒，可這個身分帶來的卻不是好運。
娘說做個平凡的人……也是種幸福。
才六歲小小的她聽不明白這個道理，只知道這的確不是好運，因為——
那一夜，出了一個小差錯，蕭家竟因而被劫殺毀了，
她再見不到那感情如膠似漆、一對璧人似的爹娘。
十年來，她藏起一身的秘密、美麗的容顏，改了名字，
她還拜了一個兩光的師父，學了一招半式、三腳貓的功夫。
再回到當年的傷心地，復仇之路都尚未展開，卻一路不平靜，
她被「滅凌宮主」盯上，威逼著說要娶她；
爹娘為她訂下的未婚夫也現身，但他要娶的竟是那個假冒她身分的女人；
還有那個莫名其妙的師兄伊淳峻，長相足以跟她比美，內心比她曲折千百倍，
一對上他，她的氣就不打一處來。真是天下大亂了！復仇之路也太難啦……

文創風 028　2之2〈落花流水愛銷魂！〉

看著本該屬於她的男人裴鈞武，明明心在她身上，想愛不敢愛，
堅持死守著承諾，要娶那個贗品似的蕭菊源，真夠笨的！
無奈的是除了放手，她還能怎麼著？
還有那個滅凌宮主又是怎麼回事？
膽子忒大，她身旁高手如雲，他居然可以神出鬼沒，時不時提點她，
他真的如他所說，幫她的這一切只是為了想娶她？
她的心緒都這麼亂了，那個唯恐天下不亂的伊淳峻還不放過她，
一遇著機會就刺她激她酸她個幾句，
原以為他有斷袖癖好，想跟她搶同一個男人呢，
但他幾次親她嘴，說是要教她怎麼迷倒男人，又好像頗為陶醉似的，
究竟跟他同夥謀算復仇的事，是不是會教她偷雞不著還蝕把米啊？
這明裡來暗裡去的勾心鬥角，就等「真相大白」的那天可以落幕，
只是裴鈞武、滅凌宮主、伊淳峻……她該選誰？又能選誰？
還有她身上的蕭家秘密，是否會為她引來更大的風浪……

前世舊愛竟成了今生新歡——

遇上宿世戀人，身不由己地愛上了，

愛上了卻不保證擁有的幸福。

然而愛怕了，不敢了，轉身逃了，又能掙脫宿命？

清宮虐戀第一大手

雪靈之

《殤璃》前傳

情牽兩世

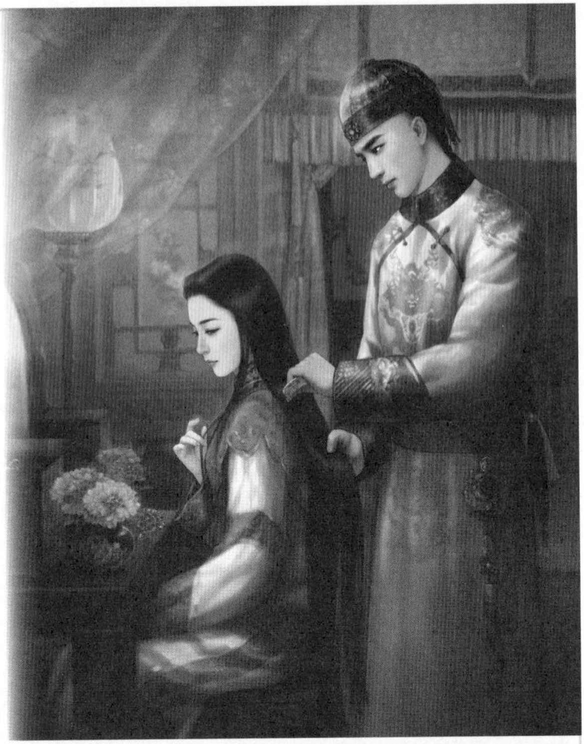

清穿奇想喜劇

翾雯

改寫原創典型

四個現代大女人聯手顛覆大清皇宮

皇子格格全數敗倒、康熙帝也束手無策?!

大清有囍

文創風 012　2之1〈不是冤家不聚頭〉

一場車禍，四個意外——
不過眨個眼，怎麼生死一瞬間變成魂返大清王朝？!
陶麗珊真不明白這是命運捉弄還是神明搞錯，
竟然讓她因此穿越到了清朝的年家，成了年羹堯的妹妹年冰珊！
這可好了，她本是現代新女性，這下卻成什麼也不是的小丫頭，悶！
謝天謝地的是三個好友也一起來到清朝，四人作伴不孤單，
但是、好像……每個人也分別換了個「特殊身分」——
兆佳・白玉、棟鄂・青萍、完顏・嬌蘭，以及她年冰珊，
名字似乎昭示了將來的命運，可誰說她們就要乖乖接受？
俗話說既來之則安之，先別委屈自己，該享受的先享受，
至於注定該遇上的那些阿哥、爺兒們，
哼哼哼～～姑娘不稀罕，畢竟她們身是古人心在現代，
皇子又怎樣？能吃嗎？吃了還怕不消化！
只不過越是不要的偏偏越愛來招惹，既然是自己不安分，
四爺、九爺、十三爺、十四爺呀，別怪小女子手下不留情……

文創風 014　2之2〈冤冤相報何時了〉

穿越來到大清，兆佳・白玉、棟鄂・青萍、完顏・嬌蘭和年冰珊本是自由快活，
結果一場秀女大選將她們送進皇宮，這下日子又難過了啊……
雖然宮女不好當，卻因此各有歸宿，倒也算是可喜可賀！
只是做福晉又是另一門學問，加上九龍奪嫡之爭日趨激烈，
皇子們分黨結派，檯面上看似風平浪靜，檯面下實則各自角力，
即使四位福晉想低調安分、置身事外過自己日子也難；
大清宮中暗藏驚濤駭浪，她們已脫不開身，
眼看愛人互相反目成仇，累得好友之間也要陷入選邊站的苦，
究竟要怎麼做才能同時保住愛情與友情？
穿越時空本是意外，找到真愛、長相廝守莫非真是幻夢一場？
她們是否能扭轉乾坤、甚至改變命運……

她的皇后之路走得不很順遂，
可即便內憂外患，
她依然有自信成為他眼中的唯一，
成為眾人妒嫉的對象……

宮鬥大腕

台城柳

孝嘉皇后

文創風 011　2之1〈一任群芳妒〉

上官皇朝始祖皇帝定下祖律，歷代皇后須從司徒家的未婚適齡女子中甄選而出，
她司徒嘉的阿姊本是前任皇后，無奈因皇帝早崩，阿姊隨之殉情，
新帝上官裴即位後下旨立后，而她是司徒家族這輩裡唯一僅存的未嫁嫡出少女，
所以即便她不願，這婚也不得不結，然則她的皇后之路滿佈荊棘，崎嶇難行，
首先，她若想穩坐后位、保司徒家周全，就非得順利生下子嗣才成，
然則因著上一輩后妃之爭的緣故，庶出的他自小吃盡苦頭，對司徒家積怨頗深，
單單要化解他的怨，讓他肯正視她、與她攜手就已非易事，何況生子共白首？
再者，他在登基前早已娶妻納妾，其中一名受寵小妾還身懷龍子，氣燄高張，
想來要在這暗潮洶湧的後宮裡走得久長，人不犯她，她不犯人只能束之高閣了，
無妨，她總之也不是好相與之人，若想欺到她頭上，也得拿出點本事才行啊……

文創風 013　2之2〈紅顏終不悔〉

世人皆知她阿姊和姊夫是恩愛非常的帝后，阿姊最後更是為夫殉情而亡，
但處心積慮要逼她司徒家走上死絕之路的情敵丁夫人卻語出驚人，
她說，阿姊和上官裴一見鍾情，卻礙於皇家祖律不得不嫁予他的兄長；
她還說，他剛即帝位時要娶的本是阿姊，但太后及司徒家不准才逼死了阿姊！
簡直是一派胡言！照此說法，嫁給上官裴為后的她豈非殺害阿姊的凶手之一？
司徒嘉不願相信，但連阿姊極親近的乳母都承認了，逼得她不得不信。
呵，這看似金碧輝煌的後宮，說到底其實是個吃人不吐骨頭的無底深淵，
不知有多少年輕美好的女子在這裡葬送了大好青春，甚至是生命，
而她好不容易一一剷除了在后路上有可能羈絆她、危急她的小石子，
如今竟要她跟一個已死之人爭奪夫君的愛嗎？這皇后，她真是愈當愈乏了……

風 文創 028

拈花笑

2之2

〈落花流水愛銷魂！〉

國家圖書館出版品預行編目資料

拈花笑. 二之二, 落花流水愛銷魂！ / 雪靈之著. --
初版. -- 臺北市 : 狗屋, 民101.06
面 ; 公分. --（文創風）
ISBN 978-986-240-842-1（平裝）

857.7　　　　101008477

著作者　雪靈之
發行所　狗屋出版社有限公司
地址　台北市104中山區龍江路71巷15號1樓
電話　02-2776-5889～0
發行字號　局版台業字845號
法律顧問　蕭雄淋律師
總經銷　知遠文化事業有限公司
電話　02-2664-8800
初版　101年06月
國際書碼　ISBN-13　978-986-240-842-1

定價220元
狗屋劃撥帳號：19001626
網址：love.doghouse.com.tw　E-mail：love@doghouse.com.tw